GOBOOKS & SITAK GROUP©

櫻草忌
Author 陸秋槎
Illust 細流 Xi Liu
Le Deuil des primevères
三日月書版

櫻草忌

Le Deuil des primevères

author 陸秋槎

illust 細流 Xi Liu

目次 contents

Est-ce que le ciel mourra? Est-ce que tu mourras?

楔子

走進商場，我捲起折疊傘，卻發現束帶上生鏽的金屬釦怎麼樣都扣不上，只好任憑雨傘再次散開。

手裡握著還在滴水的傘，活像是抓著一隻剛撈上岸的水母。

店員顯然在怠工，沒有在門口架起供人領取塑膠袋的裝置，也沒有拿著拖把到處奔走。化妝品櫃檯之間的走道上滿是黑色的腳印，珠寶櫃檯那邊則如字面意思一樣人跡罕至。雨水一滴一滴從傘上滴到我腳邊的地板上，很快就匯成了巴掌大的一灘水。

我站在原地，猶豫著，不知該去哪裡等她。

遠江每週六在這附近上補習班，家也只隔了一站，而我週六喜歡去市立圖書館自習，順便借幾本書回家。市立圖書館就建在這片商業區對面，我們通常都會約在這家商場的正門外碰面，但遇到今天這樣的天氣，實在無法在外面等她。

雨聲夾雜著雷聲，隔著厚重的玻璃門仍震耳欲聾。

昨天放學時，她約我今天在這裡見面，說是要把放假時借的書還給我。當時天色就有些不妙，但我們誰都沒有想到今天會迎來入春以來的第一場暴雨。

若能聯繫上她，我倒是想取消今天的碰面，畢竟這顯然是最不適合還書的天氣，掛在我肩上的這個空蕩蕩的帆布包，究竟能否在飄搖的風雨裡保護那幾本書也大可存疑。然而，發現下起雨的時候，我已經無法跟遠江取得聯繫了。

她沒有手機，也叫我儘量不要打電話到她家。

我的左邊有一間咖啡館，裡面坐滿了躲雨的人。剛剛有個沒帶傘的男人比我早一步跑進商場，徑直奔向了那邊，現在仍站在門口等待空位。在他前面還有一對情侶，他們顯然都淋了雨，剛跑進來的男人尤其狼狽。

我身上的錢恐怕連買一杯最便宜的飲料都不夠。況且，我總覺得和空位相比，遠江應該會更早到，沒必要去湊這個熱鬧。

我從外套的口袋裡取出手機，確認了時間後又放了回去——三點零九分——補習班那邊如果沒有晚下課，應該是三點放學，走過來的話……反正也無事可做，我就在心裡計算著她收拾好東西、走下樓梯、穿過馬路所需的時間。

就在這時，我看到玻璃門外的不遠處有個奔跑的人影，沒有撐傘，穿在她身上的衣服很像我高中的校服，但雨水和霧氣讓我看不清她的臉。直到她跑到離門口只有幾公尺遠的地方，我才敢肯定那是遠江。

她跑在雨裡，將本應揹在身後的雙肩包緊緊抱在胸前，上身微微前屈，像在奮不顧身地保護著裡面的書。

我連忙替她推開玻璃門，又在她進來之後立刻把門關好，生怕把冷風也放進來。

我是坐公車過來的，除了下車後來不及撐起傘的一瞬間以外，沒怎麼淋到雨，反倒是在過馬路的時候一腳踏進了水窪，鞋襪都沒能倖免，現在感覺就像一直把腳泡在泥水裡一樣。沒有帶傘的遠江顯然比我更慘，她身上的校服已經濕透了，整個人正冷得瑟瑟發抖，被雨打濕的頭髮卻像一條熱得要死的黑犬，癱軟無力地趴在頭頂和額頭上。
見她喘息不已，我又從她手裡接過了那個粉紅色的雙肩包。背包幾乎沒有被淋濕。
「等了很久嗎？」
「我也剛到。」
她放心地點了點頭，從我手裡接回自己的背包，拉開拉鍊，又把包包遞到我面前，說了一句「書在裡面」。
應該是因為手上沾了雨水，所以才讓我自己把書拿出來吧。
我把手在自己的帆布包上蹭了蹭，從她的背包裡取出了那三本書。包包裡還有一個放講義用的藍色資料夾，那顯然不是要交給我的東西。
「還有別的書在我那邊嗎？」
「應該沒了吧。」
我自己也不確定。把什麼東西借給了別人，或是從別人那裡借了什麼，若不提醒我，我根本想不起來。
過來的路上我就一直在想，放假時到底借了哪幾本書給她，結果只想起來一本是三島由紀夫的《春雪》，一本是商務印書館出的哲學書，但怎麼樣也想不起來還有一本是什麼。我瞥了一眼書背，是V.S.奈波爾的一本短篇集。

原來如此，是我買來之後沒有翻開來看過的書，難怪一點印象也沒有。

那本紅色書背的《尼各馬可倫理學》，我也只在從外公的書架上把它取下來之後，隨手翻了幾頁，後來它就一直插在我的書架上，直到寒假的時候被遠江抽了出來、借去看。

明明自己唯讀過其中一本，我還是不知羞恥地問了一句：「妳都看完了嗎？」

「有一本看不太懂，另外兩本倒是滿有趣的。」

「這樣啊。」聽她這麼說，我暗自下定決心，回家之後就立刻開始讀那本《米格爾街》，這個厚度應該很快就能看完，這樣週一午休時就能跟遠江交流一下感想了。

仔細想想，我在學校有一起吃午飯的朋友，也有放學之後一起回家的朋友。我和遠江在學校裡的交情，也就僅限於午休時從教室一起走到圖書室了。一路上，她會跟我聊幾句讀書的感想。到那邊之後，我通常會去雜誌閱覽區自習，而遠江借好書就會回教室。

我還真是個虛榮的人啊，有點討厭自己了——這樣想著，我把三本書裝進了帆布包。

「我送妳回去吧。」我說。

遠江看著門外的暴雨，點了點頭。

要用一把折疊傘為兩個人擋雨實在有些勉強，結果就是遠江的左肩和我的右肩完全暴露在雨裡。她仍像剛才一樣，把背包抱在胸前，而我把帆布包掛在左肩上，包包正好被我們兩個的側腹夾住，走起路來也沒有前後擺動。

這學期開學以來，我幾乎每週六都會陪她走這一段路，再從她家附近坐公車回家。天氣好的話也會稍稍繞一點路，走下一段臺階到河邊。

遠江不能太晚回去，只是一刻鐘的話，她還能騙家人說是老師晚下課或是課後去請教了什麼問題，比這更久的話，就不太好跟家裡交代了。

我從沒見過她父母——甚至沒怎麼聽她談起過，提到家長的時候，她也總會說「家裡」，而不是爸爸或媽媽——我也沒有去她家做過客。最奇怪的是，她總是讓我送她到社區門口，而不是樓下。我若是男生就算了，她父母要是從樓上看到我們走在一起，可能會起什麼疑心，但兩個女生真不知道為什麼要這麼小心。

「今天是補什麼呢？」

「還是數學和物理。」

「以後準備選理科嗎？」

「家裡想讓我選理科，我還沒想好……順其自然吧。」

她輕描淡寫地說著，不知為什麼忽然嘆了口氣。

就算左肩會淋雨，遠江也沒有把右肩貼到我身上來，我隱隱感覺到了一種距離感。和以往一樣，我沒有追問太多，一旦可能越過那條無形的界線，我便會立刻換個話題。

不知為什麼，我總是把她當成需要輕拿輕放的易碎品，儘管她不常在我面前表現出敏感脆弱的一面。

究竟是為什麼呢？為什麼我在她面前總會慎言慎行，不像對待其他朋友一樣隨便……

這也許是對文學少女的一種偏見吧，總覺得她們會很容易受到傷害。

「如果高二還能在同一班就好了。」

「妳會選理科吧？」

「為什麼這麼覺得呢？」我試著調侃道，「妳看，我的書架上可是有《尼各馬可倫理學》這種看起來很厲害的書……」

她笑了一聲，雖然不是很輕蔑的笑聲，但還是讓我有些不愉快。

「高中就在看這種書的話，到了大學就不用再看了吧，可以學點別的。」

「比如說呢？」

「比如說核子物理或者基因工程之類的。」

「聽起來都是些找不到工作的科系。」

「我如果讀這種科系，家裡應該會很高興吧。」她說，「跟別人提起時肯定很有面子。」

「所以要補物理和數學？」我說著，往她那邊看了一眼，卻見到她搖了搖頭。

「我可是功課跟不上才去上補習班的。」

上課時一直在讀小說，早上還經常把我的作業借去抄的遠江一本正經地說。

想來她在補習班也不會認真聽講。

我們已經走到了橋頭，遠江的家就在河的對岸。

用水泥澆築而成的橋身兩側立著一排漆黑的鐵柱，鐵柱之間又架了三道欄杆。人行道和機動車道之間也用白色的護欄隔開了，此時護欄上滿是濺上去的泥點。

每到下雨天，河水都會變得渾濁不堪。湍急的水流像是被煮沸了一般，泥漿在其間翻滾不已。我想，就算是打定主意要在今天投水殉情的戀人，見到這場面只怕也會考慮換個死法了。

我們沒走出兩步，就聽到身後傳來了一陣喇叭聲，回頭一看是輛登山車。身穿紫色雨衣的車主一點也沒有減速的意思，我們只好背靠著欄杆，讓路給他。

「我記得妳都是騎車上下學，遇到下雨天會不會很不方便？」等登山車駛過之後，我問。

「套件雨衣就好了，和撐傘比起來，更不容易被淋濕，就是總是會把鞋子弄濕，一整天都會很難受。」

聽她這麼一說，我低頭看了一眼剛剛不小心進了水的左腳，又看了看一路走過來被雨水打濕了的右腳……一整天嗎？那還真是夠悲慘的。

「穿上鞋套會好一點嗎？」

「會好一些。但襪子還是會被弄濕，然後雨水會從腳踝那裡一點點往下滲。夏天的話，索性就穿涼鞋了，就是現在這個季節比較討厭。」

「確實。」我說，「真是搞不懂，為什麼春天就一定要颳風下雨呢？」

「不下雨的話，農民伯伯會很苦惱吧。」

「農民伯伯……哈哈哈哈哈……」

被遠江戳中笑點的我，右手扶了一下欄杆。

「怎麼了？我這麼說很奇怪嗎？」

「……像小學生一樣。」

結果遠江真的模仿起小學生的口吻：「啊，太陽公公到底躲到哪裡去了？」

我又笑了一會兒，不知不覺間走完了那座橋。

「也許我真的跟小學生沒什麼區別。」她忽然有些落寞地低下頭，又補了一句，「在很多方面……」

「讀三島由紀夫和奈波爾的小學生嗎？」

「不管讀什麼，小學生就是小學生啊。」

像往常一樣，我們在她家社區門口道了別。

那是一片老大樓，聽說以前是某個科研單位的家屬住宅。樓房早已破敗不堪了，外立面的牆體有些已經剝落，暗紅色的磚塊裸露在外，像是一根根被烤焦了的玉米並排擺在一起。

這個社區就算某天被拆掉了也不稀奇，我覺得應該有不少住戶已經搬到了別處，留著這套房產只是為了拆遷時能拿到一些補償金。

看著她跑進雨裡的背影，我有點後悔沒有把她送到樓下。

很快，我就等到了一輛空蕩蕩的公車。我坐好，把傘放在腳邊，隨手從包包裡抽出了一本書。拿書的時候，心裡想的是「若是正巧拿出那本我準備看的《米格爾街》就好了」，結果卻事與願違，抽出了那本我幾年內都不打算再碰的《尼各馬可倫理學》。

說起來，我之前為什麼會把這本書從外公那裡拿回家呢？

這顯然不是個很吸引人的標題。一說到「倫理學」，眼前就會出現一個老夫子的形象，蓄著垂到胸前的鬍鬚，戴著厚重的鏡片，一手拄著拐杖，一手對妳指指點點的，叫妳不要做這個、做那個——我這個偏見若是讓教政治的汪老師知道了，恐怕會被叫到辦公室去，聽他普及哲學知識（聽說他是哲學博士），但是我這個年紀的人裡，會像我這樣想的人應該不在少數吧。

亞里斯多德這個名字也是，真夠拗口的。

所以，當初為什麼會對它產生興趣呢？也許是當時正好在別的書裡見到人提起它——就像見到《春雪》的主角在讀《摩奴法典》，自己也忍不住買了一本，結果當然是根本看不懂——也有可能只是隨手翻開一頁，正好看到了什麼吸引我的話……

我想起來了，確實有這麼回事。

外公喜歡用鋼筆在書上做些批註，也會把中意的句子或重點畫出來。我當時隨手翻開這本書，正好看到了一處被畫線的句子，那是個很漂亮的比喻。

「一隻燕子或一個好天氣造就不了春天」——似乎是這樣的一句話，我看了之後有些觸動，就把這本書帶回家了。我記得外公還在旁邊批了一句，「《淮南子》：見一葉落而知歲之將暮——足見東西方思維之差異」。

我倒是不覺得這裡面有什麼文化上的差異，只覺得幸福也好，春天也好，本就是極脆弱的東西，兩句話講的都是同一個悲觀的道理。

我翻開書，憑印象尋找著那句話，應該是在很前面的地方……

結果出乎我意料的是，我翻遍了整本書都沒有找到一處畫線或批註，我印象裡有些泛黃的書頁也變成了不真實的雪白色。翻頁的時候，還能聞到一股刺鼻的油墨味。

我把書翻到版權頁，卻見看到是今年才剛印刷出來的最新刷次。

外公在兩年前就去世了。

也就是說，借給遠江的那本《尼各馬可倫理學》在還回來的時候，變成了一本全新的書。倘若那不是外公的遺物，我倒要感謝她替我以舊換新呢。

可是見不到外公留下的痕跡，心裡還是有些失落。

車到站了，我趕忙把書塞回包包裡，抄起折疊傘跑下車。雨勢已經小了不少，家也近在眼前了，身上若沒有帶書，怕是連打傘的必要都沒有。

我撐起傘，低頭邁過一個個小水坑。

帆布包沒有淋到雨，只是從遠江身上沾了一些水，應該沒有滲到裡面去。我的鞋襪倒是全都濕透了，外套右手的袖子也浸滿了雨水，不停有水珠從上面滴下來。

回家之後要先洗個澡，那本書的事情等週一再問遠江吧。

第一章

為我死之日純潔美麗而祈禱

1

我應該是班上最後一個得知遠江死訊的人。

當我不小心睡過頭，錯過了兩班公車，氣喘吁吁地跑進教室時，第一節課已經上了一半。

這是我升上高中後第一次遲到。

走進教室裡，我隱隱感覺到了異樣的氛圍。照理說，有人推門進來，應該會把全班的視線都吸引過來才對，結果卻沒有。班上每個人都默默地低著頭，很少有人抬起頭來看黑板上的板書。

我把書包放在自己的課桌上，正準備坐下，卻見到坐在我後面的松荑正在啜泣——直到這時，我都沒注意到遠江位於教室一角的座位空著，即便注意到了，也只會覺得是她遲到了吧。

雨在昨天傍晚就停了，為了不讓陽光曬到靠窗的兩排座位，教室裡拉上了窗簾。

坐好之後，我隨手抽出一本課本擺在桌上，又趁著教英語的付老師轉過身寫板書的時候回頭，準備關心一下松荑。

她稍稍抬起頭，用噙滿淚水的眼睛和我對視了幾秒之後，抄起筆，在攤開來但還未寫下一個字的筆記本上寫起了什麼。

我努力讀著那行潦草且上下顛倒的字——

林遠江自殺了。

「葉荻！」

後。

就在這時，付老師點了我的名字。被叫到之後，我趕忙扭過頭去，卻無法把那行字甩在腦後。

前天還和我一起淋過雨、模仿小學生的語調逗我開心的遠江，怎麼可能會忽然想不開，做出這種無法挽回的事情呢？如果這只是個玩笑，我恐怕無法繼續和松莨做朋友了，然而今天不是四月一日，班上正在啜泣的人也不止她一個……

「站起來！」

不知是不是為了打破凝重的氛圍，付老師不打算就此放過我。他走到我的課桌前，一把抄起我放在桌上的課本，又將它重重地摔在桌上。

「現在在上什麼課？」

「英……語。」

我低下頭，小聲回答道，然後才注意到自己在桌上放了一本化學教材。

他環顧四周。

「同學出了意外，妳們情緒有波動，我能理解。聽到這個消息，我也覺得很遺憾，但課還是要上的，妳們來學校是為了學習。」

不知為什麼，松莨筆下的「自殺」到了付老師這裡變成了「意外」。說到這裡，他轉過頭來瞪了我一眼。

「同學都在忍著悲痛聽講，妳遲到了，什麼都不知道，還要打擾大家……」

我無心聽他說教，只是機械性地不停點頭。那兩個既像反義詞，又像是近義詞的詞語正在撕扯著我。

就在這時，松荑開口替我解圍了。

「老師，她跟遠江是好朋友。」

說完這句，松荑哭了起來。

付老師見狀，也只好露出一副恍然大悟的表情——恐怕也沒明白什麼——就示意我坐下了。他轉身回到講臺上，忽然又改變了主意，再次點了我的名字。

「妳跟林遠江關係不錯的話，就去把妳知道的事情都告訴妳們班導師吧。」他的語調很平和，從中已經聽不出怒氣了。「她就在辦公室。」

事到如今，我總不能再反駁說自己其實什麼都不知道。

就這樣，我被趕出了教室。

回過神來時，我正站在學校的圖書室門口。本以為放空心思之後，身體會替我走到物理教研室，結果卻沒有。

正當我準備轉身回去的時候，忽然有人拍了一下我的肩膀。我回過頭看，是管圖書室的姚老師。她手裡提著一個紙袋，裡面裝著幾本大開本的精裝書，看樣子是剛從家裡過來。穿在她身上的風衣顯然不是為她量身裁制的，下襬幾乎都要垂到地上了。

儘管她看起來只有二十歲出頭，但聽我表姊說，她在這裡上學的時候，管圖書室的就是姚老師。這樣推算一下，姚老師至少已經在這裡工作了五六年。

關於遠江的死，她應該還不知情……可是對於這件事，我也並無實感，畢竟只是讀了松荑寫的一行字，又聽付老師提了一句，與這些灰暗的傳聞相比，前天下午和她撐傘走在雨裡的記憶還比較鮮活一些。

也許只是為了讓悲傷來得更晚一點，我在心裡抵觸著遠江已經去世了的事實，不願承認——不管那是自殺還是意外。

「現在不是上課時間嗎？」姚老師把紙袋放在地上，從外套裡取出一串鑰匙。「這裡中午才開門喔。」

我先向她問了聲好，試圖解釋說，「我要去辦公室一趟，碰巧路過……」

「我沒記錯的話，妳是一年三班的學生吧？有個女生每天都來借書，妳總是跟她一起過來，所以我有點印象。」說著，她往那扇對開的門走去。「從妳們班的教室去辦公室那邊，應該不會經過這裡才對。」

她說得對。高一的教室都在一樓，不管是走正門還是後門，去辦公室都不用特地跑到二樓來。

「找我有什麼事嗎？」她一邊打開門鎖，一邊扭過頭來問我。

我搖了搖頭，「不知不覺就走到這裡來了。」

「妳沒事吧？要不要進來坐坐？」

「老師，」我說，一瞬間淚水湧了上來，眼前一時模糊了，「那個經常來借書的女生……我同學她……」

見到我哭了，姚老師連忙湊過來，任憑鑰匙還插在鎖孔裡。

「她怎麼了？」

「他們都說她去世了。」

「他們都說？」

「我什麼都不知道，只是聽說……」

「老師也這麼說？」

我點了點頭。她沒有再追問下去，只是抬起頭深吸了一口氣。

「妳要去辦公室那邊？」

「嗯……」

「稍等我一下，我陪妳過去。」

說著，她拎起放在地上的紙袋推開門，把它放到進門處，又迅速地把門鎖好，然後就回到我身邊，又一次拍了拍我的肩膀。

「我們走吧。」

我默默地跟她一起邁開腳步，並排朝辦公大樓走去。

一路上我們一句話也沒有說。穿過走廊，下樓梯，出正門後經過連廊，前往辦公大樓——這是最近的一條路。

學校似乎沒有幫哪個班級在第一節安排體育課，操場空蕩蕩的。灰色的積水像一塊塊瘡瘢，裝飾著深紅與墨綠色的地面。

不知為什麼，我忽然想起去年九月底，運動會的時候被幹部指派了跑八百公尺的任務。當時真的跑得快要斷氣了，姿勢也好，表情也好，肯定也不怎麼雅觀，還出了一身汗，後來不得不換了套衣服。另一個被派去跑八百公尺的女生就沒有跑，輪到她出場的時候還一直坐在觀眾席裡，也許我當時也應該那麼做，反正誰也沒有期待我跑出什麼成績來，為什麼還要費這個功夫呢……

我就這樣胡思亂想著，來到了物理辦公室門口。

走進辦公室，班導師朱老師剛掛斷電話，整個人癱坐在椅背上。

她已經在學校幹了五年，卻是頭一次當班導師。我不認為她適合這份工作，總感覺她遠比學生們單純，她在任何方面都和學生毫無共同語言，穿著打扮上也總是被班上的女生在背地裡嘲笑。我能想像到，朱老師在學生時代一定是那種兩耳不聞窗外事的優等生。

和很多不稱職的班導師一樣，她很看重其他任課老師的意見。若有哪位老師向她告狀，放學後我們就很可能會被留下來挨訓。如果有老師反應哪個學生退步很大或是上課搗亂，也會被她叫去聊聊。然而，對於課下的事情，朱老師幾乎一無所知——誰與誰是朋友，誰與誰在談戀愛，誰又與誰交惡了，她都全然不知，也不感興趣，所以會做出許多不討喜的決定。例如在分組討論時把兩個水火不容的小團體拆散重組，讓她們由水火不容發展為不共戴天；又比如說讓有女朋友的男生和班上最漂亮的女生同組，結果引得他女友醋意大發。

我很懷疑朱老師對毫不起眼的遠江會有多少可靠而鮮活的印象，恐怕得知她的死訊時，也只能想到遠江的物理成績不佳這一點吧。

不過即便是這樣，也比班上絕大多數同學對遠江的印象要深了。

見到我和姚老師敲門進來，她用無神的雙目瞥了我一眼，問了一句：

「葉荻，妳不用上課了嗎？」

「付老師聽說我和遠江關係很好，讓我過來找您。」

「這樣啊，原來妳們是朋友……」她這句話彷彿是在驚詫遠江居然有朋友。「妳今天是不是遲到了？已經聽說了嗎？」

我點了點頭。

朱老師又把目光投向站在我身後的姚老師，挺起腰問了一句「請問您是哪位」。看來朱老師一次也沒去過圖書室。

姚老師簡單介紹一下自己，又說只是在走廊碰巧遇到我、送我過來而已，之後就準備離開了。

「稍等一下，姚老師，」朱老師叫住了她，「我班上的林遠江有沒有借過什麼會讓人胡思亂想的書……能不能幫我查查她的借閱記錄？」

「會讓人胡思亂想的書……比如說呢？」見到對方不作答，姚老師又補了一句，「林遠江這個學生我有印象，她經常到我這邊借書，幾乎每天都來。」

聽到這裡，朱老師示意姚老師在她旁邊空著的椅子上坐下，姚老師卻擺了擺手，拒絕了。

「借的都是哪方面的書呢？」

「以外國小說為主吧，『網格本』那套差不多都借過了。」說到這裡，姚老師明知故問道，「她出了什麼事嗎？」

「前天晚上出了意外。」

前天晚上？也就是我送她回家的幾小時之後，究竟為什麼會……

「是那種看了讓人胡思亂想的書之後會出的意外嗎？」

「姚老師，」朱老師顯然被激怒了，不僅瞪圓了眼睛，呼吸聲也變得渾濁起來，「林遠江成績不好，也有老師抓到她在上課時看閒書。她每天都去妳那邊借書，妳應該跟我反應一下。」

面無表情地聽完了她的指責之後，姚老師只說了一句「妳也沒來問過我啊」。

朱老師沉默了一會兒，把視線從她身上移開，看著貼有課表的牆壁說道，「麻煩您幫我查一下林遠江的借閱記錄，最好能從她入學開始都查出來，我過一會兒去圖書室找您。」

「嗯，我把記錄列印好等妳過來，可能會有點厚。」說著，她退了幾步，一手握住了門把，「我先告辭了。」

姚老師離開之後，朱老師讓我坐在那張姚老師不願意坐的椅子上。

「最近林遠江跟以前有什麼變化嗎？」

這顯然不是回答說「變開朗了」或「變得健談了」的場合，儘管事實是那樣，我卻只好搖搖頭，佯裝什麼也沒察覺。

「她有沒有遇到什麼煩心事？」

「沒聽她提起過。」

「妳們平時都聊些什麼？」

「每天也聊不了幾句……基本上都是和書有關的話題。」

結果，連夜讀完那本《米格爾街》也成了徒勞之舉，至於《尼各馬可倫理學》為什麼會變成新的，事到如今也無從問起了。想到這些，我終於對林遠江的死有了一些切實的感受。

原來，再也沒有機會和她閒聊了……

「妳還好吧？」

從朱老師手裡接過一張紙巾之後，我才意識到自己又開始哭了。

「老師，遠江是不是自殺的？」

「妳為什麼這麼覺得呢？她有什麼想不開的理由嗎？」

「我不知道。但是您一直在問我這些，就好像是在調查她為什麼會自殺一樣。」

「並不是這麼回事。現在警方還在調查，沒給出什麼結論。如果她沒有什麼想不開的原因，那這應該就是場意外。」

可是，就算遠江真的有什麼自殺的理由，只要她不說，我們也就無從知道——這道理大人們為什麼就不明白呢？

「現在警方沒有發現遺書，她很可能只是不小心從窗戶摔了下去。」朱老師說，「當時在下雨……」

「遠江出事是在前天晚上？」

「週六晚上十一點左右。」

「週六下午，我和她見過面。」

聽到我的話，朱老師先是遲疑了一下，皺了皺眉，然後才恍然大悟一般驚呼了一聲「真的嗎」，上身也朝我這邊湊過來。

「剛放寒假的時候，她從我家裡借了幾本書，非要在週六還給我，就跟我約在她上補習班的地點附近，我們碰了個面。」

「她當時情緒怎麼樣？」

「跟平時沒什麼兩樣……」

「妳們都聊了些什麼？」

「也沒聊幾句話。她家就在附近，我送她回去，就在路上隨便聊了幾句，具體聊了什麼已經不記得了……」

「她沒有說什麼奇怪的話吧？」

「應該沒有……有說的話，我肯定會記得的。」

朱老師像是鬆了一口氣，努著嘴點了點頭。

「我現在倒是能想起一句話。」不知為什麼，那句話忽然迴盪在我耳邊。「她說她覺得自己像個小學生。」

「什麼意思？」

「我也不明白，她就是這樣講的。」我用一直攥在手裡的紙巾擦去快要滴下來的鼻水。「如果能弄清楚，也就不會記住了吧。」

2

午休時，我一如既往地把椅子轉了過去，把裝著營養午餐的飯盒放在松荑的課桌上，和她一起吃午餐。

我也曾邀請遠江過來一起吃飯，卻被她以「座位離得太遠」為由拒絕了。的確，班上的同學若要一起吃飯，大多是就近原則。也有些不管離得多遠都一定要湊在一起吃飯的人，要嘛是興趣相投，要嘛是戀愛關係。

入學後沒多久，就有好事者在大家吃飯的時候用學校的電教設備播放音樂。那個時候大家都很拘謹，不敢把投影用的布幕放下來，只好放音樂，大多是歐美或港臺的，後來以我的朋友方蕭瑤為首的一群動漫迷見朱老師從來不在這個時間到班上，就用投影機放起了動畫，每次只放一集，差不多大家都吃完飯了就關掉。有段時間，喜歡流行樂的一群人和「動漫派」爭執不下，兩夥人每天都在爭搶電教設備，最終還是薦瑤她們占了上風。這也難怪，畢竟對於大多數人來說，有畫面的總比純音樂更吸引人一些。

最近放的片子講的是一群女生在咖啡館裡養兔子的故事。班上的女生大多很喜歡，也有男生裝出一副漠不關心的樣子，其實一直在偷瞄。

薦瑤的圈子裡不缺男生，她也有個正在交往的男友，兩個人湊在一起，整天都說些動漫的話題。平時吃午飯時，對這方面感興趣的同學也都會湊到他們旁邊，一邊吃飯一邊品評投影在布幕上的片子，不僅聲音很大，還用了不少我們這些圈外人聽不懂的「專業用語」，因此也招來一些人的反感。喜歡流行歌曲的那群人往往會戴上耳機，坐在自己的座位上把飯吃完，也有那麼五六個女生會湊到生活委員秦虹的座位旁邊，像要和薦瑤她們比拚一樣，高聲談論著明星們的八卦。

遠江在這個時候總是會捧著一本書，看幾行書，扒一口飯。吃過飯，收拾好，就坐在原位等我過去找她。我和松萸吃飯時話很多，所以吃得很慢，總會讓遠江等很久。

這些習以為常的風景，今天一概見不到了。沒有人打開電教設備，閒聊的人也把聲音壓到了最低。或許過幾天就會恢復原狀了，只是遠江坐過的位子恐怕要一直空下去了。

隱隱約約能聽到一陣高亢的弦樂聲從隔壁班傳來，仔細聽的話，還能發現有鋼琴伴奏。整個年級的藝術生幾乎都聚在四班，他們會放高雅的小提琴曲作為用餐時的背景音樂也不足為奇。

真是首開心的曲子啊。

儘管離得有點遠，傳到我耳邊就只剩下如遊絲一般若有若無的音量，我還是能感到每個音符都在愉快地躍動著，像一道道噴湧而出的泉水，又像是拍著翅膀飛向天際的雲雀。如果在今天之外的日子聽到，我也許會愛上這首曲子吧。

……但不是今天。

今天是個不宜有音樂的日子，不管那音樂是用來掩飾悲傷，還是用來宣洩悲傷的。

「這是什麼曲子？」我問松荑。

也沒有那麼想知道，說不定過一會兒就把答案忘得一乾二淨了，但我還是問了一句，權當是為了打破沉默。

「貝多芬的小提琴奏鳴曲……」

「克魯采？」

我想起遠江不久前借過一本俄國小說，就叫《克魯采奏鳴曲》，她說標題是首貝多芬的小提琴曲。

「不是克魯采。」學過十年小提琴的松荑自然知道答案，「是《春天》。」

一聽到「春天」這個詞，就像吸進了一陣花粉一樣，鼻子忽然開始泛酸，眼淚也湧了上來。

原來悲傷竟然是和花粉差不多的東西。

但我只能忍住，生怕這突如其來的悲傷會傳染給松荑。

松荑和遠江沒有那麼要好，早上那些為她的死啜泣的女生恐怕也沒跟遠江說過幾句話。班上和遠江接觸比較多的，應該只有我和薦瑤了。

我往薦瑤的座位那邊看了一眼，只見她和男友並排坐在一起吃著飯，兩人正一言不發地共用著一副耳機。平常聚在他們身邊的那群人，此時都乖乖地留在自己的座位上。

「我不太喜歡這首曲子。旋律是很好，但是有點華而不實。」松茛說，「春天真的是這樣的嗎？」

聽她這麼一說，我下意識地往窗戶那邊看了一眼，卻因為拉著窗簾的緣故，什麼也看不到。

「不是這種感覺嗎？」

「至少不全是這樣的。」說到這裡，她放下筷子抬起頭，做了一次深呼吸，兩眼直勾勾地看著我，像是終於鼓起了巨大的勇氣，問了一句，「遠江她，為什麼會自殺呢？」

「真的是自殺嗎？」

「真的是自殺吧。」她又把頭垂下去，「一個高中生從自家窗戶摔了下去會是意外？」

「但是老師們都說……」

「學校怕承擔責任，當然會這麼說。」

松茛的話也不是沒有道理，但我還是無法接受，畢竟遠江出事的幾小時前才剛和我見過面，當時還看不出來她有任何負面情緒。她在學校裡雖然沒有幾個朋友，至少也沒受過什麼排擠，遠江真的有什麼忽然想不開的理由嗎？

總不會是因為徵文的事情吧？應該不會。剛開學就發表了結果，都過了那麼久，不可能事到如今才有反應……

就在這個時候，本來就很安靜的教室裡一瞬間陷入了死寂——班導師朱老師從前門走了進來。

她徑直走向位於第一列最後的遠江座位，彎下腰查看抽屜，從裡面取出了三本書，從教室的後門離開了。那應該是遠江從圖書室借來的書。她在去世的幾小時前把我的書還給了我，卻沒有把從學校圖書室借來的書還回去……

我放下筷子，起身追了出去。我也不知道自己為什麼要這麼做，如果這個時候松荑喊一聲我的名字，或是伸手拽住我的衣角，我一定會停下腳步，但她沒有，或許她反倒明白我必須追出去的理由。

「朱老師……」

我在走廊裡叫住了她。她回過頭來，一臉不解地看著我。

「我剛去找過圖書室的姚老師，她說林遠江還有三本書沒還。我覺得可能在課桌裡，還真的讓我找到了，正準備送過去給姚老師。」她說著，驚訝的表情從她臉上慢慢消失，剩下的只有疲倦，「妳還有什麼事嗎？是不是又想起了什麼？」

見到我搖了搖頭，她失望地嘆了口氣。

「都是些閒書，外國人寫的。」

從朱老師手裡接過那三本書之後，我看了一眼書背——太宰治的《陰火》、克萊斯特的《O

侯爵夫人》，還有海明威的《伊甸園》。

我又看到《陰火》裡夾著一張票據，抽出來一看，是列印的借閱記錄。

這三本書是她上上週五中午借的，不知道有沒有讀完。

「這些書妳看過嗎？都寫了什麼？」

「沒有。」很遺憾，我一本也沒看過，克萊斯特這個作家還是第一次聽說，「遠江應該也還來不及看吧。」

朱老師伸出手，示意我把書還給她。

「我跟您一起過去一趟吧。」我說。

「那這樣好了，妳幫我拿過去吧，我還有點別的事情。」說到這裡，她的眉頭蹙在一起。「林遠江的家長快要來了。」

我不知道該用什麼話鼓勵她，相信也沒有哪個班導師想被自己的學生鼓勵，只好點了點頭。

看著朱老師枯瘦的背影，又掂量了一下手裡的書，我明白了一件事。假如遠江真的是自殺的，把這些書不問內容，一併稱為「閒書」的朱老師肯定無法理解她尋死的理由。

老實說，我也沒有自信能弄清楚。

或許正因為是這樣，大家才更願意相信那是一場意外。

§

我來得太早了，其他學生應該還沒吃完飯，圖書室裡空無一人。

姚老師從我手裡接過那三本書之後，隔著櫃檯問了一句「朱老師有沒有問起這三本書都寫了什麼」。

「問了，可惜我都沒看過。」

「妳能替她過來還書真是幫了我一個大忙。如果她來問我，我還真不知道該怎麼回答她。」

「這幾本書有什麼問題嗎？」

「跟內容沒關係，就是，」她向我湊過身來，在我耳邊低聲說道，「這三個作者都死於自殺。」

說完，她就轉身把那三本書放到了小推車上。

「老師覺得這能暗示什麼嗎？」

「那倒沒有。我只是擔心，有人會把所有責任都推給這些書，說林遠江是看了這些東西之後才想不開的……」

朱老師若是知道了，或許真的會這麼想吧。這種消息若傳出去，社會上也少不了這樣的輿論。也許學校的圖書室也會受到衝擊，被認定有荼毒青少年之嫌的書會被清出去，最壞的結果莫過於被徹底關閉——這應該是姚老師最擔心的。但我轉念又感到了些許憤怒：遠江死了，姚老師最關心的卻只是自己的工作不要受到影響，這又與朱老師她們有什麼區別呢？

「對於每個人來說，無非只有四種可能性。或是為自己活著或是為別人活著，或是為自己而死或是為別人而死，這是所有人都必須面對的選擇。這些書，只是把所有選項都揭示出來而已，真正的選擇權還是在每個人手裡。」

「老師為什麼要說這些話給我聽呢？」

「我怕因為這件事，妳也會變成討厭『閒書』的那種人。」

「我不會那麼想的。對於遠江來說，讀書是她生活裡唯一的樂趣了。」

「這樣啊。」姚老師若有所思地點了點頭，「她幾乎每天都會來，我也早就注意到她了。每次把書遞給她的時候，我都不覺得她很開心。借到自己想讀的東西，總該有那麼一點興奮的感覺吧？就算不寫在臉上，眼睛裡也會流露出一些……但我在她身上看不到這種感覺。也許是來得太頻繁，已經麻木了。她來我這裡借書，更像是一種習慣。她會跟妳說讀書的感想嗎？」

「會說一些。比如說對主角的看法之類的。」

「她有沒有說過喜歡哪位作家？」

這倒是真的把我問倒了。遠江的涉獵範圍很廣，稍稍有點名氣的外國作家的作品都會借來看看，並沒有表現出什麼偏好。

「為什麼要問這個呢？」

「沒什麼，我只是隨便問問。」她停頓了一下，「我以為妳們會更要好一些。」

我和她只是一天說不到幾句話的朋友——我本來應該這麼回答她，卻只是說了一句「我回去了」，就轉身朝門外走去。

姚老師的話讓我感到不快。

或許我最害怕被人戳穿的就是這一點：其實我一點也不了解遠江，但我已經是班上和她走得最近的人了。得知她的死訊時，恐怕也正是這一點給了我最沉重的一擊——是啊，我真的一點也不了解她，渾然不知她在我看不到的地方過著什麼樣的生活——或許我已經隱隱感覺到了什麼，只是不敢面對。

她沒有自己的手機，又一直拜託我和薦瑤替她把寫好的文章敲到電腦裡，恐怕在家裡也不能使用電腦。週末從補習班回家，也不能在外面閒逛超過十五分鐘。她也從不把在學校圖書室借的書帶回家，恐怕是因為她父母不贊成她看這些東西。

因為她的死，我才不得不去想像她的生活。之前和她在一起的時候總是在逃避，一心以為不該去觸碰她的隱私，因為那可能是一碰就疼的傷口。

原來如此，所以她才會說自己像個小學生——我終於明白了那句話背後的意思，為什麼沒有早點注意到呢？

她或許只是厭倦了這樣的生活才……

不知不覺，我已經回到了教室。我只吃了幾口的便當還擺在松荑的桌上，松荑卻不知去了哪裡。我趕忙把蓋子蓋上，拿到教室門外的塑膠箱裡，又用紙巾擦了一遍她的課桌。

就在我把椅子轉回原位的時候，有人把手放在我的課桌上。

我抬起頭，見是薦瑤。

薦瑤是和我一起放學回家的朋友。入學之後不久，我就發現她跟我搭同一班公車上下學，她家比我家離學校近一站。早上有時也能遇到，不過就算上了同一輛車，也很可能被人群阻隔，說不到話。放學時還沒到晚上的人潮高峰，一起回去時還能碰到並排的座位。

她往往會把午休時間獻給動畫和男友，極少在這個時間來找我搭話。我朝她男友那邊瞥了一眼，只見他正戴著耳機，翻看一本雜誌。薦瑤的男友是住宿生，所以我才能跟她一起回家。

「有點事情想問妳。」薦瑤說。

坐在我前面的男生是秦虹那一派的，似乎很反感日本動畫，薦瑤她們播動畫的時候他總是很自覺地戴上耳機。今天他沒在聽歌，默默地寫著作業，聽到薦瑤開口，他回過頭來瞪了她一眼，目光很不友善。薦瑤也毫不示弱地瞪了回去，又抓起我的手腕，往門外走去，直到把我帶到走廊正中央才鬆開手。

「去天臺吧。」她提議說。

我點了點頭。

3

雖說是天臺，卻是不在屋頂上，實際上只是二樓最南邊的一片平臺而已，但大家都這麼稱呼它。三樓也有個類似的平臺，卻因為在背陰處，很少有人去。至於教學大樓屋頂上符合字面意義的天臺，學生是不能上去的，聽說是安裝某些設備的地方。

蔫瑤帶我來的這片平臺上擺了幾張圓桌，又各配了四把椅子，午休時，這裡總是會被離這裡最近的班級同學霸占。我和蔫瑤對於搶到座位這件事本來就沒抱什麼希望，很自覺地坐在靠欄杆的水泥檯子上，背對著溫室和操場。

操場上可能正進行著什麼比賽，歡呼聲不絕於耳。

「今天不能跟妳一起回家了。」蔫瑤說，「放學之後要先去一趟醫院。」

「哪裡不舒服嗎？」

她搖了搖頭。「外婆住院了。」

「嚴重嗎？」

「老毛病了，每年都要住進去幾次，大家早就習慣了。」

「這樣啊。」我說，「希望妳外婆能早日康復。」

蔫瑤沉默了一會兒，終於說起了正題，「遠江她……為什麼會死呢？」

連她的死是自殺還是意外都還下不了結論的我——或許根本就是不敢下這個結論——無法回答這個問題。

見我不開口，蔫瑤又說了下去。

「會不會是我們的錯呢？」

「我們？」

「嗯，我們。」薦瑤轉過頭來，看著我的眼睛說道，「是不是因為我們硬要她去參加那個徵文，她才會……」

「不至於吧，都過去一個多月了，怎麼可能事到如今才……」

這一次，總算沒有淚水湧出來，取而代之的是回憶。

我會和遠江成為朋友，最初只是因為要幫薦瑤一個忙。

當時校刊向高一新生徵稿卻沒有收到什麼稿件，就把每個班的國文小老師都叫去開會，要求每個班至少要徵到三篇文章，限期兩週。這件事，班導師也知道了，雖說是與成績無關的事情，卻也關乎班級的榮譽（印出來的時候要是唯獨少了哪個班的文章，不免難堪）。這個時候，薦瑤已經寫了一篇介紹動漫歌曲的短文，又向我要了一篇讀書筆記，但最後一篇卻怎麼樣也湊不出來。薦瑤倒是很聰明，在週一收完同學們交的週記之後，沒有立刻交到國文老師那裡去，而是利用一節數學課、一節地理課把三十幾本週記簡單翻了一遍，結果很自然就注意到了遠江。

其他人的週記寫的大多是身邊的瑣事，或是一些無關緊要的感想，唯獨遠江寫的東西有些不知所云，時而是宛如世界名著片段的場景描寫，或是幾段海明威式的沒頭沒尾的對話，再來就是一些短小的格言——在只會寫應試作文和流水帳的我輩看來，這大概就是所謂的「文學」吧。

去和遠江搭話的時候，薦瑤拉上了我，當然只是為了壯膽。畢竟，我們都沒有和她說過話，甚至很少有她和別人聊天的印象。薦瑤最開始跟我提起這個名字時，我甚至沒想起她的長相，也不清楚她坐在哪裡。

那天午休時，我跟著薦瑤一起去求遠江寫篇稿子。當時她正讀著一本很厚的書，我們和她搭話後，她闔上了書，卻沒有抬起頭來看著我們。

——要交電子稿嗎？

她只問了這麼一句，薦瑤則回答說交紙稿也沒關係，自己會幫她敲到電腦裡。

——我可以寫，週五之前交給妳們，可以嗎？

——也不用那麼急，下週一交給我就好了。

結果遠江週五就交了稿。她把文章寫在從橫格本撕下來的紙上，正反兩面，足足有五張。

週五放學之後，我去了薦瑤家，和她一起把遠江的稿子敲到電腦裡（具體的做法是我拿稿子念，她飛速打字），確定沒有錯字之後，就把它和我們的兩篇文章一起寄到校刊編輯部的信箱裡。後來我捧著稿子，薦瑤對著電腦又把她的文章反覆讀了好幾遍，才隱隱約約明白了她寫了些什麼。

那大概是篇實驗小說吧。

全文沒有出現一個人物，只是客觀地描寫了房間裡每樣物品位置的變化，根據這些變化，讀者能大致想像出到底發生了什麼。然而，我和薦瑤的意見並沒有達成一致。她覺得寫的是一起殺人事件，我卻覺得更像是一對情侶殉情。週一去問遠江後，她說我的猜測是對的。

後來，我們三個的文章都登在校刊上，也有三篇稿件都未被採用的班級，三篇都過稿的就只有我們班。不過，讀校刊的人本就寥寥無幾，除了薦瑤那個小圈子的人之外，很少有人注意到了我們的壯舉，更何況我們都用了筆名。

在那以後，遠江繼續過著她毫不起眼的生活。

也正是從那個時候開始，我發現她每天午休都會去圖書室的習慣，就一連幾天向她搭話，和她一起過去，後來就成了慣例。我也不知道自己為什麼要這麼做，也許只是想在班上找個能和自己聊聊讀書話題的人。

起初總是我在說，幾週下來，遠江的話也漸漸多了起來。

至於蔫瑤所說的徵文比賽，則是更之後的事情了。

深秋的某天早上，上第一節課之前，蔫瑤拿著一本青春文學刊物跑過來找我。她在我桌上攤開那本雜誌，指著一頁徵文啟事給我看，問我要不要參加。我只是喜歡讀書，卻沒怎麼買過雜誌，不過對這個徵文比賽倒是早有耳聞，它好像在我出生之前就存在了。

我還沒回答她，朱老師就走了進來，讓大家回座位，像是有什麼事情要宣布。蔫瑤趕忙跑回自己的座位，把那本雜誌留在我的課桌上。

於是，早上第一節課就被我用來了解青春文學的現狀了。如我所料，有不少我從未見識過的寫法。具體內容已經記不清楚了，我只記得有篇寫的是兩個男生為了一個女生械鬥，一死一傷，另一篇寫的是小時候在麥田裡玩火，最後把自己燒死了的故事（不知為什麼，作者在被燒死的幾年之後還能寫這篇文章）。

這就是所謂的青春文學嗎——正當我這麼想著時，我忽然翻到一篇外國背景的小說，雖然故事很老套，行文風格倒是很像我喜歡看的那些書。

我立刻想到了遠江，畢竟她比我更愛讀外國小說。

翻完一整本雜誌，我明白了一件事。我不過是個循規蹈矩的優等生，只會寫些規規矩矩的議論文，所謂的青春文學也好，青春文學所描述的生活也好，都與我無緣。

在當時的我看來，反倒是上課時一直在讀小說的遠江活得比我更叛逆一些，因而更接近這本雜誌的旨趣。

——不如勸遠江參加吧。

下課把雜誌還給薦瑤的時候，我順便提議道。

「妳怎麼了？」回過神來，我發現薦瑤正盯著我看，「怎麼話說到一半就停下來了？」

我站起來向前走了兩步，轉向她。能看到她背後的操場上，那些做著規律運動或無規律運動的綠色小斑點，那是學校統一的運動服顏色。

「薦瑤，妳和我說實話，」我說，「當時妳拿雜誌過來找我的時候，是不是想勸我跟妳一起參賽？」

她沒有回答我，把頭深深地垂了下去，兩隻手緊緊攥住了衣角。

果然是這樣。這幾個月來，我都一直想向她道歉。

「對不起，我當時應該答應妳。妳跟遠江不怎麼熟，我們勸她參賽之後，妳無法對她提議說一起參加……對不起，我早該注意到這些……」

「不是這麼一回事。」她稍稍抬起頭，但也沒有抬到能與我四目相接的程度。「我確實有想過和妳一起參加，跟她也確實沒有熟到那個程度。但是，小荻……妳是不是以為自己耽誤了我，害我沒能參賽？不是這樣的。其實我背著妳們投了一篇自己還滿滿意的小說。妳還記不記得有個片子，在講幾個女孩在火星上划船的故事？我在班上放過幾集，大家都覺得無聊，就沒播完了……那是我最喜歡的動畫，我用裡面的角色寫了篇小說投過去，結果也沒能入圍。反正落選了，就沒跟妳們講。」

原來是這樣。的確，兩個人一起參賽，若是都獲了獎，那便是童話故事；一個人落選另一個入圍，只能算是狗血橋段；兩個人全都落選才是現實。

「這倒是很像妳的風格。」我苦笑著說。

「還好我也落選了，否則真不知道該怎麼和遠江交代，那段時間每天都在擔驚受怕。明知道一點勝算都沒有，卻總有那麼一點僥倖心理……」

事到如今再說這些也沒用了——這種話我無法講出口，也不必講，我想她一定也明白。

「我覺得遠江……」我不願講出那個字眼，「和徵文的事沒有關係，肯定還有別的原因。還是等警方的調查結果吧，說不定真的是場意外。」

「我是不是很卑劣呢？同學去世了，卻只是想著不要有自己的半點責任在裡面。」說到這裡，薦瑤開始啜泣，「我現在肯定也不是為了她才哭的，只是因為發現自己這麼面目可憎……」

「沒這回事。」我把手放在薦瑤的頭上，順著她頭髮的紋路輕輕撫著，一面說著違心的話，「沒什麼好自責的，妳就是因為同學去世才哭的。」

聽我這麼說，薦瑤失聲痛哭了起來，引得坐在不遠處圓桌的幾個女生都往這邊看。等她平靜下來，我又陪她坐了一會兒，後來校園廣播響起，我們就一言不發地聽著廣播。

廣播沒有播報遠江的死訊，只是在解答來信裡無關痛癢的種種煩惱，半數以上都是跟朋友吵了架、不知該怎麼和好的話題。回想起來，我和遠江一次架都沒吵過，真的能算是朋友嗎？廣播快結束時，放了一首很悲傷的法語歌，平時主持人總會交代結尾的歌是誰為誰點播的什麼曲子，今天卻沒有。

這也許是他為遠江選的一首輓歌。

歌放到一半時，我和薦瑤開始往回走，在走廊裡差點被一個帶著袖標的值週生撞到。她似乎剛檢查完一個班級的衛生，正奔向另一個教室。

薦瑤說那首歌是一個動畫的片尾曲。回到教室之後，松荑卻說是法國作曲家弗雷的《夢醒之後》（Après un rêve）。

我不知道到底該相信誰。

4

放學之後，我又去了一趟圖書室，卻見到借書的地方擠滿了人，就沒湊過去跟姚老師搭話，一個人回家去了。

老實說，我也根本沒想好要跟姚老師聊什麼，只是單純地覺得她可能是這所學校裡和遠江接觸得最多的人，說不定知道一些我不知道的事情。

還是算了吧。真正煩惱的事情，煩惱到足以把人逼死的事情，恐怕是對誰都講不出口的。那些能堂而皇之地寫下來、投到廣播台尋求幫助的煩惱，就算放著不管也無所謂。去年年底，學校還設了個心理諮詢室，周圍也有同學去訴過苦，恐怕談論的也都是一些似有若無的小心思……

我想，遠江應該什麼都沒跟姚老師談過，一如什麼都沒告訴我。

說到底，我對薦瑤又了解多少呢？她喜歡看動畫，有個興趣相投的男友，文科成績很好，自學過一點日語，性格還算爽朗，有點衝動……我對她的了解也不過就是這些，至於她在我看不到的地方所做的事情、所過的生活，我究竟要從何知道呢？

忽然覺得每個人都離自己很遠。像是那顆太陽落下後，還執拗地掛在西方天空上的金星一樣，永遠也無法觸及。

一路上胡思亂想著，大腦都快要短路了，我一到家便一頭倒在床上，根本不想動彈。不知過了多久，天色已經完全暗了下來，被沒有結果的思考麻痹的感情又一股腦地復活了。我感到一陣惡寒，全身像在痙攣一般顫抖不已。在這九個小時裡，我已經體會過悲傷太多次了，唯獨這一次是夾雜著憤怒的。

總在書裡讀到「難以名狀的憤怒」之類的描述，實際上憤怒的理由是不難弄清楚的。只是很多時候理由都太偏執，也太瑣碎，誰都不好意思講出來，才會用「難以名狀」敷衍過去。

我也不願拆穿自己感到憤怒的緣由，我已經夠醜陋了，不想變得更討厭自己……

就在我的眼淚停不下來，一顆顆落在枕巾上的時候，媽媽回來了。我沒有開燈，她應該不知道我已經到家了。

我還在猶豫著要不要起來，媽媽已經走進了我的房間，替我打開燈，又往敞開著窗簾的窗邊走去。

「我聽說了，妳們班有同學去世了。」一邊拉上窗簾，媽媽說。

她在報社工作，總能在第一時間知道這類消息。

我坐了起來，媽媽也坐到我旁邊，一手撫著我的後背。

「那個女生跟妳關係很好嗎？」

我點了點頭。

「應該是場意外，妳也不要胡思亂想。」

「已經確定是意外了嗎？」

「還沒有，只聽說沒發現遺書。」她說，「她是個怎麼樣的孩子呢？」

「她很喜歡讀書……」

聽我這麼說，媽媽只是敷衍地「嗯」了一聲，像是有些動搖。或許（誠如姚老師所說）在大人們看來，喜歡讀書的人更容易想不開。我抬起頭，看了一眼插在書架上的各色書背，忽然發現媽媽也在往那個方向看。看我注意到了，她趕忙移開視線。

「她家裡管她管得很嚴。」我又補了一句，像是急著為遠江的死找個「讀書」之外的理由。

「我今天見到她母親了。」

「您來學校了？」

「下午過去了一趟，還去教室那邊偷偷看了妳一眼。」

希望我那個時候在認真聽講——回想起來，我這一整天都不曾認真聽過課，但也無心在課堂上做什麼別的事情。

「我聽說了，妳今天早上遲到了。」

媽媽每天都比我早出門，爸爸總是在我去上學之後才起床，我還以為睡過頭遲到這件事能瞞過他們……

「對不起，昨天把手機音量調小之後忘記調回來了，沒聽到鬧鐘。」我趕忙岔開話題，「她母親是什麼樣的人呢？」

「看起來滿穩重的，雖然很悲傷，還一直在克制。」說到這裡，媽媽嘆了口氣，「一個人把孩子帶大不容易啊，結果發生了這種事……」

原來遠江是在單親家庭長大的，難怪每次提到家長，她都不說父母，而是說「家裡」，她居然一次也沒跟我提起過。但反過來設想一下，如果我生長在單親家庭裡，會把這件事告訴身邊的朋友嗎？如果有情況類似的朋友或許會講吧，我這種性格倒是很有可能一不小心就說漏了嘴。可是，也正是因為我生長在這種環境裡，才會養成現在的性格……

結果又得出了這個結論，這個今天已經得到太多次的結論——我可能永遠都無法理解她的想法，乃至無法真的理解任何人。

「班上的同學情緒都還好吧？」

「還好。」我說得很敷衍，「大家跟她不怎麼熟，她在班上不太說話。」

「但是，妳跟她是朋友？」

「至少我把她當成朋友，我不知道她是怎麼想的。」

媽媽又沉默了一會兒，像是在努力理解我這句話。我不知道她從中聽出了什麼弦外之音，最後她點了點頭，又輕輕拍了拍我的腦袋，留下一句「妳也別想太多了，快期中考了」，就去做飯了。

是啊，就算好朋友去世了，世界也還在正常運轉，誰也不可能因此就免去了上課、寫作業和考試的義務。我換上在家穿的衣服，去洗了把臉，回到書桌前寫作業，卻發現因為一整天都無心聽講，導致很多題目都不會，無奈之下，只好又捧起課本看了起來。

上課時總在讀「閒書」的遠江，是不是每天都會遇到這樣的麻煩呢？

後來我跟媽媽兩個人吃了晚飯。

爸爸回來得很晚，看樣子沒聽說我的同學出了事。他進門時，我出去跟他打了個招呼。要不是特地過去打個招呼，這一整天可能都見不到面了。可能是因為遠江的緣故，我忽然特別想跟爸爸聊幾句。可是他看起來很疲憊，又喝了酒，只跟我說了一聲「早點休息，別太累了」就回主臥室了。

回到房間，心裡有些失落。

作業已經寫得差不多了，不想讀書，也不想睡。我把耳機插在手機上，準備聽音樂寫完最後一點作業。裡面大多是薦瑤推薦給我的動漫歌曲，我聽不懂日語，也沒打算聽懂歌詞，反正只是當成一種背景音樂，能聽懂歌詞反而會分散注意力吧。我有時也會很好奇，那些一邊聽中文歌一邊寫作業的同學真的不會分心嗎？

按下隨機播放鍵，正好放到的曲子是 **a far song**（後面還跟著一串我看不懂的日文），我做完了最後一道物理題時，它的前奏還沒放完。三分鐘的前奏之後，一個女聲又把前奏的旋律唱了一遍，後面就又只剩下了鋼琴聲。它倒是很符合魯迅對《思舊賦》的評價，我平常只覺得這首歌有些催眠，今天聽到它，又不免想到遠江那段「只有寥寥幾行，剛開頭又煞了尾」的人生。

她的文章又何嘗不是這樣呢？

我打開抽屜，從一堆用過的筆記本中翻出一疊釘在一起的Ａ４紙。那是遠江之前為參加徵文比賽寫的小說，我替她投寄的時候多列印了一份，作為紀念，沒想到才過了兩個月，就要透過重讀這篇文章來「紀念」她了……

《哀歌》——也許評委們在讀到這個標題時，就決定讓它落選了吧。

小說由幾個小片段組成。故事發生在何時何地，遠江沒做明確的說明，但從出現了蒸汽火車和女校的設定來看，至少能判斷出不是我們這個時代的故事。也許是民國時的上海，也許是十九世紀末的倫敦或巴黎，也有可能是大正時代的東京——我們總嚮往著那些時間地點，把它們和「浪漫」畫上等號。

主角是個兩個女孩子，一個叫K，一個叫S。

第一個片段是K趕往火車站，穿過擁擠的人流，找到了正要登上火車的S。全篇都沒有出現對她們的外貌描寫，只提到S穿了一件紫紅色的外套，提著一個棕色的皮箱。

之後就開始倒敘兩人在學校裡一起度過的日子。讀到她們一起從教室走到圖書室的時候，我一度以為S和K是以我們兩個為原型，可是看到後面又覺得是自己太自戀了。她們去圖書室不是為了去借書，而是躲在角落裡觀察周圍的人都借了什麼。她寫道，班上看起來最成熟的女生（那個女生還有不少緋聞）從書架上取下了一本朗格彩色童話集，而看起來最道貌岸然的女教師，借的都是戀愛小說。

另一個我很喜歡的片段是夜裡，K穿過宿舍的走廊去S的房間找她。她們吹滅了蠟燭，一起看著窗外的夜色，聽著蟲鳴，想像著睡蓮和月見草盛開的樣子，背誦著丁尼生的詩句：「夏夜裡含芳的露珠從群星的懷抱間滑落。」

可惜好景不長，有一天在晨禱之後，班導師忽然告訴大家S要舉家遷到別的城市去了，一週之後就要動身。K質問S為什麼沒有早點告訴自己，S則說她一直在逃避，不敢面對這件事……她們大吵了一架，回到房間，抱著各自的枕頭痛哭。

離別的日子一天天近了，兩個人卻賭氣不和對方說話。終於，到了不得不遠行的那天，同學們都站在校門口，或是呼喊著或是在哭泣，S也每走幾步就回過頭來，向同學們揮手告別。

但她最掛念的卻是沒來為自己送行的K。

這個時候，K正站在窗前，聽著遠處送別S的呼喊聲越來越微弱，她知道是S已經走遠了，同學們也準備回宿舍了。就在這個時候，K聽到了敲門聲，推門進來的是嚴厲的舍監，K被她打過手心，一直很怕她。

舍監問K為什麼不去送S，K以為對方是在責怪自己，支支吾吾不敢回答，膝蓋也開始發抖。

但舍監並沒有繼續逼問她，而是講起了一個故事。

「我在妳們這個年紀，很喜歡採集植物，尤其是春天開在學校後山的那些不知名的小花。採完之後，我會把它們都夾在一本以為再也不會翻開看的書裡，讓它們變成押花，永遠留在那裡。後來我漸漸把這件事忘了，直到最近，忽然有天心血來潮想再讀一遍那本書，卻不記得裡面還夾著四十年前採來的標本。一翻開書，押花全都碎了。」

K不明白舍監講這個故事的用意，卻從中感到了莫大的悲傷，啜泣起來。

「也許妳以為可以把記憶都封存起來，不再碰觸，但是，妳遲早有一天會翻開那本書的。到那個時候，所有美好的記憶都會變成一種折磨。」舍監說，「妳會心碎的。」

聽完這番話，那些和S一起創造的回憶頃刻之間占據了K的腦海，眼淚再也止不住。她顧不上和舍監道謝，飛奔出了房間，跑過走廊的時候還差點撞到送行回來的同學們……

然後就有了小說開頭的那一幕。在月臺上，她們原諒了對方。開車前，S站在車廂的門後面對K說了一句「到那邊之後我會寫信給妳的」，全文至此便戛然而止。

我周圍沒有人能寫出這樣的文章。薦瑤參賽的那篇我沒看過，其他的同人小說她倒是給我看過一些，大多是短句，而且往往寫一句話就換一行，角色的對話裡夾雜著大量不正經的語氣詞，文學性的描寫更是一次也沒出現過。

相比之下，讀慣了外國小說的我更喜歡遠江的文風。其他人或許會反感？我不清楚，可是，重讀了之後，又覺得多少有些單薄。就像午休時松荑對《春天》的評論那樣，遠江的文字有些唯美過頭了。在她筆下，連悲傷和爭吵也都像經過了提煉萃取，而有一些詩化的味道。矛盾未免太輕易解決了，而矛盾產生的原因又未免太矯情，也許這就是落選的原因吧。遠江的小說，註定只能被同樣十五歲的女生理解、讚許，評委卻一定都是一些成人。

恐怕，比起那些描寫打架鬥毆或懷孕墮胎的青春文學，這一類唯美的故事更接近於我們所處的現實——因為我們的現實不過就是在課業之餘抱著一本小說，做些異代春閨的美夢罷了，可是大人們又怎麼會明白呢？

把那疊A４紙放回抽屜裡之後，我忽然開始確信遠江是自殺的。沒有什麼確切的理由或證據，也許我只是不願接受寫出這種乾淨、純粹文章的人，竟有可能死於一場滑稽的意外。我只是一廂情願地想為她的死賦予什麼意義。

沒有什麼比無意義的死更讓人悲傷了。

5

週四上午，我和薦瑤一起參加了遠江的葬禮。在這個火化已成慣例的時代，「葬禮」也早已成了徒有虛名的字眼。

朱老師也來了，她跟我們坐同一輛車過來的。昨天午休快結束的時候，她在班上通知說遠江會在今天火化，班上的同學可自願去參加她的葬禮，問有誰想去，學校會根據人數租車，結果只有我和薦瑤舉了手。

我很清楚，薦瑤只是為了陪我才來的——她見只有我舉手才舉了手。而我又是因為什麼，才覺得自己有義務要來送遠江走完最後一程呢？

坐車過來的時候，我和薦瑤坐在後排，她一直抓著我的手。起初我以為是在擔心我，結果一直有汗從她手心冒出來，我才明白她比我更不安。

一問才知道，薦瑤從未到過火葬場。我不知道該向她道歉還是道謝，只是把她的手握得更緊了一些，直到我的手心也滲出了汗水才不得不鬆開。

——遠江太可憐了，整個班只有我們兩個來送她。她說。

——是啊。

我有些暈車，把玻璃窗稍稍搖了下來，路面的噪音也一下子湧進車裡。我們不再說話，只是看著窗外的景色變得越來越荒涼，我們在駛向郊外，彷彿在朝死亡進發。

我會和遠江成為朋友，起初是因為陪薦瑤去向她約稿，而我跟薦瑤會成為朋友，又是因為家住得近，碰巧搭到同一趟公車，至於松荑（昨天她因為自己沒有舉手，心裡很愧疚，為此還哭了），我會跟她成為朋友也不過是因為坐得近，每天一起吃午飯、一起去廁所。結果，我在班上的三個朋友裡，有兩個是因為家或者座位離得近才熟識起來的，唯有遠江，後來是我主動向她搭話……

我還真是個隨波逐流的人啊。

遠遠地，我看到了矗立在村舍之間的幾根巨大煙囪，那一定是我們的目的地了。

天很晴，沒有什麼雲彩，那一道道灰白色的煙很是醒目。我在兩年前來過這裡一次，知道有些爐子是供家屬焚燒遺物和花圈、紙錢用的，升起的煙也更黑一些。

車駛進了火葬場的大門，我趕忙把車窗搖上去。隔著車窗，能看到四個身著禮服的人在抬棺材，後面跟著十幾個送葬的親友，每個人都低著頭，像是抬不起腿來一樣，用鞋底摩擦著地面，艱難地往焚化爐所在的方向走去。朝他們迎面走來的則是另一隊人馬，領頭的中年男人抱著一個骨灰盒，不知道是要安放到哪裡。

我也看到了花圈和紙糊的車馬。透過車窗玻璃看到的一切都蒙上了一層灰暗的色彩，我也不希望這色彩太鮮活。不知為什麼，這些獻給死者的東西大多是鮮豔到有些刺眼的顏色，也許是為了中和凝重的氣氛？還是有什麼別的理由……

車停了，我們下車之後被帶到一個小房間裡。

遠江的母親在棺材邊迎接了我們。朱老師先過去問候一番，和她握了手，然後是我們。

「阿姨，節哀順變，保重身體。」我們說著客套話，鼻子卻不由得泛起了酸。

她和我們握了手。直到她鬆開我的手去握薦瑤的時候，我才看清楚她的容貌。

她長得和遠江有點像，特別是嘴唇的輪廓，眼睛卻不怎麼像，遠江的更大，也更明亮一些，不過這也有可能是她的眼睛哭腫了，無法完全睜開的緣故。她的眼角處生著很深的皺紋，臉頰和眉頭都深深地陷了下去，不知是平日的操勞使然還是來自這幾日的打擊。

在她眼裡，我看到的不只是悲慟，也不是心如死灰的空無，而是一種我形容不出來的執拗。這樣的眼神我從未在別的眼睛裡見過，的確，我也是第一次遇到痛失愛女的母親。

那大概是怨恨吧——對這個蠻不講理的世界的怨恨，恨不得與之同歸於盡的絕望情緒。我沒有讀過《聖經》，只在別的書裡看過約伯的故事。或許，被奪走了一切的約伯在荒野裡呼喊的時候，也正是這樣的眼神。

然後我們依次從遠江的棺材邊走過，和她做最後的告別。

遠江是墜樓而死的，我不敢想像她的死狀。此時，她躺在棺中，遺體顯然化過妝，絲毫看不出外傷的痕跡。這恐怕是她平生第一次以化妝的樣子出現在別人面前，我也是直到這個時候才發現，她本可以成為一個很漂亮的女孩子，絲毫不輸那些在課堂上偷偷補妝的同學。然而，即便在我的印象裡她只是個毫不起眼的文學少女，儘管遠江不戴眼鏡，她卻用比鏡片更厚重的東西遮住了自己的容貌——氛圍、氣場，大約就是這樣的東西。

也許那是她的保護色，藉此讓自己免於被打擾，可以專心讀她喜歡的書。但也有可能只是不擅長把自己的「真容」展示給別人看，不是真的想一直逃避下去……

事到如今，這一切的答案都無從得知了。關於她的一切，註定要被永遠埋葬在火焰裡。

我看著她面無表情的睡臉，輕聲說了一句「晚安」。

到場的人比我想像的更少一些，也沒見到像是她父親的人。我們圍在遠江的棺材邊，每個人都一言不發，只是哭泣，直到有工作人員過來將棺材蓋上、抬走。

火化沒有用掉多少時間。工作人員敲碎骨頭的場面我和薦瑤都不敢看，我們抱在一起躲到了一旁。即便是這樣，聽到碾碎大塊骨頭的聲音仍免不了心驚肉跳，涕泗難禁。回過神來，遠江的遺骨已被收進了那個紅褐色的小匣子裡，再也見不到了。

§

把骨灰寄放好後，我們一行人朝停車場走去。

天上還是一片雲也沒有，微風在吹。有人已經開始閒聊了起來，我、薦瑤還有朱老師走在最後面，緊跟著遠江的母親。

到了停車場，遠江的母親把來參加葬禮的客人一個個送走，終於輪到了我們。學校雇來的司機已經等得不耐煩了，站在車邊抽著菸。

就在這個時候，遠江的母親忽然開口了，卻不是感謝的客套話，而是對我和薦瑤問了一句：

「妳們兩個誰跟我女兒比較要好？」

我和薦瑤對視了一下之後，回答說是自己。她母親朝我走了過來。

「能不能再稍稍佔用妳一點時間？我有樣東西想讓妳看一下。」她微微低著頭，沒有直視我的眼睛，又補了一句，「早上出門太急了，我忘了帶過來，能不能跟我回家一趟？我還想向妳了解一下我女兒在學校裡的事情……」

「我倒是無所謂。」說著，我朝朱老師看了一眼，只見她點了點頭，於是我轉過身和薦瑤道別：「妳先和朱老師回學校吧。」

「到時候我開車送妳回學校。」遠江的母親對我說，「不會耽誤妳太多時間的。」

送走了薦瑤她們，我坐上了遠江母親開來的車。那是輛銀灰色的舊款馬自達，噴漆已經有點剝落了，車窗上的汙垢也像早就與玻璃融為一體。在我的印象裡，小時候有個親戚開的也是這款車，早在四五年前就報廢了。上路之後，我們一再被兩邊的車超過，除了汽車性能所限，或許也與遠江的母親沒把心思都放在開車上有關。

她問了我一些和遠江有關的問題，我也如實回答了她。當她聽到我說遠江在課堂上一直在看小說，並沒有表現得多意外，可能之前朱老師已經告訴過她了。她也問起了校刊和徵文的事情，這倒讓我吃了一驚。我本以為這些事遠江都瞞著她，校刊的事情就罷了，參加徵文應該是我們三個之間的祕密才對……

不過我的疑竇很快就解開了。

「我女兒在日記裡寫了很多妳的事情，我也想讓妳看一下。」

「這不太合適吧？」

「我覺得她應該也很想讓妳看到，真的寫了很多妳的事情，這幾個月的日記裡幾乎每天都會提到妳。」遠江的母親說，「她應該不希望被我看到，才特地藏得很深。」

「女兒應該都不希望日記被家長看到。」

「是啊，我年輕的時候也總是把日記藏到誰也找不到的地方，有時候自己都忘記藏在哪裡了，只好換個本子。」說到這裡她停頓了一下，像是要打斷自己無謂的回憶。「她非要把日記藏起來，我也能理解，上面提到我的地方就沒什麼好話……我真是個失敗的母親。」

「遠江的日記一直寫到了出事那天嗎？」

「只寫到了前一天，她喜歡晚上寫日記……可能那天還來不及。」

「當時阿姨已經睡了？」

「睡了，不過很快就醒過來了。也不可能不醒過來，後來就再也沒睡過了。」她朝副駕駛座這邊看了一眼，補了一句，「別擔心，我現在一點也不想睡，不覺得疲勞就不算疲勞駕駛吧？」

「您不要太勉強自己了。」

「妳父母是做什麼工作的？」

她生硬地轉移了話題。若在別的場合被這麼問起，我肯定會被激怒的。當然，即便心裡有一萬個不滿，我應該也會強裝笑顏作答。是啊，我就是這樣的人——今天也不例外，變得更加討厭自己了。和昨天一樣，和升上高中之後的每一天都一樣。

但今天我並沒有感到憤怒，只是想到沒有父親的遠江若被人這麼問起，只怕會更加生氣，結果好不容易才平復下來的悲懷又翻湧了起來。

我幾乎是以哭腔回答了這個問題。

「爸爸是公務員，媽媽是報社的編輯。」

「遠江肯定很羨慕妳的家庭。」

恐怕真的是這樣沒錯。話說到這個份上，我也無法再問她母親是做什麼工作的了，又想不出什麼別的可說的話，只好默默低下了頭。

「妳為什麼願意跟我女兒做朋友呢？班上肯定還有更有趣的孩子吧？我女兒那麼陰沉……」

「沒有這回事，遠江是個很有趣的人，讀過很多我沒聽說過的書，知道很多我感興趣的事，文章也寫得很好。她不像您說的那麼陰沉，也會跟我說……笑……」

真討厭，還以為今天的眼淚已經哭乾了，可以放心地說這些話了，結果又變成了這樣。過一會兒真的讀日記時不知道要掉多少眼淚，希望不會弄髒遠江的日記本。

「是嗎？她在我面前已經好幾年沒笑過了。」

我們斷斷續續地聊著，不知不覺間已經開到了社區門口，那也是我每週六和遠江告別的地方。養育她的這個破舊社區，我一次也沒有踏進去過……我還來不及發更多的感慨，車就已經開進了社區。

穿過兩棟樓之間只能容下一輛車通過的一段路後，遠江的母親最終把車停到一棟公寓樓下的空地上。附近能看到幾輛轎車，從方方正正的輪廓來判斷，應該也都是早年流行過的款式，整座社區的時間就像停止了一樣。

我看著腳下鋪著六角形地磚的地面，忽然感到一陣眩暈，緊接著是惡寒。我不知道遠江是不是從這一邊的窗戶摔下來的，也許我腳下的地磚上曾濺滿了她的血，現在將電視劇裡常出現的魯米諾試劑噴到地上仍會起反應……

我趕忙跑進門內，遠江的母親也很快跟了過來。一進走廊，我便聞到一股熟悉的霉味。外婆家也是老大樓，常年都是這樣的味道。她把我帶到五樓，打開了左邊的那扇防盜門，招呼我先進去。

沒有客廳，一進門是條走道，廁所在離門不遠處，廚房則在視線的盡頭。走道稍寬一點的地方放著冰箱和洗衣機，有白色的石灰牆，離地面約一公尺高以下的部分刷了斑駁的綠漆，牆上什麼也沒有掛。快到廚房的位置左右各開了一扇門，看來這是一套兩房的房子。

「不用換鞋。」遠江的母親說。

她自己也沒有換。

我被領到了背陰的房間。從陳設來看，這應該是遠江住的地方——只有一張單人床、一套桌椅，牆上只掛了日曆，沒有書架，也沒有什麼電子設備。書桌上有一盞黑色的檯燈，還有一排課本和文件夾靠牆擺放著。

只有一本藍色的文件夾躺在桌上，顏色、尺寸和其他文件夾並無不同。遠江的母親讓我坐在書桌前的轉椅上，說要去幫我倒水就先出去了。我坐下之後，才發現平躺著的文件夾顏色比其他的略深，但也只是不細看就不會發現的差別。

她母親回來了，在桌上放了一杯溫水。

「這是遠江的日記。」她指著擺在我面前的那本文件夾說。

我正要翻開它的硬殼，遠江的母親又退到了門邊。

「我一會兒去買點菜，中午就在家裡吃點東西吧，下午我開車送妳回去。」

「沒關係，我坐公車去學校好了，不用麻煩您了。」

「總之在這裡吃完飯再走吧。」

這麼厚的一本文件夾，一時半會兒恐怕也看不完，看來只能在這裡吃午飯了。見我點頭答應，她走出了房間，替我關上門，似乎先去面陽的那間房間了。

終於，我翻開了那本文件夾。第一頁是國三數學的筆記，第二頁也是，但這只是遠江的一種偽裝工作，從第三頁起，就密密麻麻地記滿了她每天的生活。

我又隨手往後翻了幾頁，見到有些活頁紙上只寫了五六行就換另一頁。恐怕她平時總會將尚未記滿正反兩面的活頁紙夾在什麼地方藏起來（所以幾乎每張紙的正中間都有一道折痕），有時忘記上一張紙藏在哪裡了，就只好拿另一張，後來無意間找到了那張還沒寫滿的紙，就按時間順序插了進去，應該也有些日記到最後也都沒找到。

我深吸了一口氣，翻回到日記的第一頁，讀了起來。

第二章

為一個孩子不要夭折而祈禱

九月十七日　週六

一連讀了幾篇日記體小說，忽然也想寫一點什麼。買了這個文件夾，顏色和之前買的不太一樣，但應該不會暴露。可是真的拿起筆，又發現無事可記。每天只是坐在教室裡盼著天黑，或是躺在床上等著天亮，就只是這樣。想讓日子快點過完，想找到能加快時間流動的方法。

我曾看過一位法國作家說，古希臘人不知道小說和香菸這兩樣東西能讓時間加速流動的方法。也許他是對的，但我們這些「小孩子」就算知道了又怎麼樣呢？抽菸被抓到會被學校開除吧？整天看小說也會被當成怪人，可是真的太難熬了。

總會遇到沒有書可讀的日子，這種時候又該做些什麼來打發時間呢？以往總是把時間花在寫週記上面，那個老女人若是推門進來了，也好交代，畢竟是學校留的作業。但週記寫太多字，恐怕又會引起國文老師的注意，繼而被班導師知道，然後想不讓那個老女人知道也難了。所以我總是寫三頁、撕兩頁，撕到最後一個本子沒剩下幾張紙。國中時，有些班級不收週記，我很擔心高中遇上那樣的國文老師，現在倒是不必擔心這個了。寫日記吧，不為拿給誰看，也不為留給幾年之後的自己，只為了打發時間。

九月十八日　週日

哪裡都沒去，一整天都在家，那個老女人也在家。下週末還是找本薄一點的書夾在課本裡帶回來好了，可是太薄的書立刻就看完了，終不能讓我挨過整個週末。

還是寫點什麼吧。好羨慕那些日記體小說的主人公，有這麼多可寫的事情，和書信體小說的主人公又不太一樣。健談的人我見過很多，能對別人滔滔不絕地講個不停，書信體小說的主角們大抵都是這種人吧。但日記體小說的主人公卻不是在向別人傾訴，而是自言自語，結果還寫了那麼多話。若在街上遇到不停自言自語的人，任誰都會覺得那是個瘋子，為什麼在日記裡「下筆不能自休」就能被原諒呢？只是因為沒有發出聲音來，不會打擾別人嗎？

回想起來，我國中時也試過寫信給別人，卻不知該寄給誰，總是把寫好的信塞到信封裡，不貼郵票就扔到街邊的郵筒裡。當時真是寫過不少大膽的句子，希望沒有被哪個好事的郵差拆開看過。

我寫過幾封求救的信，說自己被父親虐待，時常想死，恨不得趕快逃離這個家——反正我也沒有父親，這種東西寫起來一點罪惡感也沒有。也寫過恐嚇別人的內容，想像是寫給班上一個女生的，當然也並不存在這樣的人。我說自己看到了她和男老師在學校後院接吻，還在她的課桌裡翻出了那個老師寫給她的情書，如果不想被告發，就要對我言聽計從……

是啊，情書我也寫過，這是我最大的誤算，寫完的情書還來不及「寄出去」就被那個老女人發現了。她非得逼我說出對方是誰，「這只是我寫好玩的」這種話更難說出口。無奈之下，我只好隨口說了個男生的名字，之所以選他只是因為那個名字很好記，其實我根本想不起他的長相。正巧那段時間我的成績不太理想，這件事鬧得很大，那個老女人甚至想讓我換班，怕我真的跟那個男生擦出什麼火花。後來她一忙，也就不了了之了。從那以後，這種沒有收件人的信我就再沒寫過了。

日記應該是安全的，混在課堂筆記裡就不會被發現。

九月十九日　週一

讀了兩本德國小說，沒什麼情節所以讀得很快。作者真是個自戀的人啊，我想，也會有人讀完之後很感動，也許是我太冷血，想看點故事性更強的東西。如果只是內心戲，只要閉上眼睛就能讀到了，又何必去借書呢？更不必冒險在課堂上翻看。

九月二十日　週二

午休時班上有人吵了起來，不知是因為什麼，兩邊都有幫腔的人。好快啊，開學沒幾週就都交到了朋友——也樹了敵。吵架的其中一方是國文小老師帶頭的，新生訓練的時候，班導師也問過我願不願做這個職務，我推掉了，後來才選了她。如果當了國文小老師，就能讀到班上其他人的週記了吧？我倒是沒什麼興趣，反正肯定都寫得很糟糕。

九月二十一日　週三

今天才知道昨天他們是為了午休時要播動畫還是播歌吵了起來。國中時，班上也有喜歡看日本動畫的同學，同時也有人說那些同學是「漢奸」。看動畫的同學偶爾還會讀一些封面很花哨的小說，另一群人就只知道去網咖、打籃球。看來世上有兩種人，一種人會對「故事」感興趣，另一種人則不會。比起沒有故事的流行歌曲，我還是想投動畫一票。

九月二十二日　週四

有點失望，原來也有這種沒有「故事」的動畫。雖然班上也有人笑得前仰後合，我卻不覺得有什麼好笑的，從明天起還是一邊翻書一邊吃飯吧。

九月二十三日　週五

班會時說到了下週五的運動會。大部分的項目都沒人報名，是幹部在指派。有兩個女生被指派了跑八百公尺的任務，估計想死的心都有了。還好，我看起來就不是擅長運動的類型，誰也不會點到我。平時在小說裡很少見到喜歡運動的人，就算有，也大多不是什麼正面角色，這又是為什麼呢？

九月二十四日　週六

這週開始上補習班了，就在家附近。沒遇上什麼現在的同學，倒是在走廊看到了國中同學，我也沒去搭話。像我這樣穿著校服的實在是少數派，衣櫃裡沒什麼能穿出去的衣服，對於自己的品味也沒有信心，對那個老女人就更沒有了，果然還是校服最安全。

九月二十五日　週日

昨天剛寫到服裝的話題，今天那個老女人就帶我去買衣服了。店員很煩人，推薦了很多那個老女人看不上的款式。之前聽班上的女生聊過買衣服的話題，好像有很多祕訣，比如說白色的上衣搭配碎花的裙子一定不會出錯。但反過來說，會那麼打扮的人大多是循規蹈矩的性格。說這番話的女生，總在腿上攤開一本時尚雜誌，上週還被老師沒收了一本。可能在她眼裡，白上衣和碎花裙已經是最土的搭配了，可是我若在街上見到那樣打扮的人，肯定會誤以為那就是時尚潮流吧。不知道她看到那個老女人替我選的衣服又會做何感想。

九月二十六日　週一

翻了幾頁上週借的《歌德談話錄》，不怎麼有趣，中午就還回去了。像這樣把別人的言論逐條記下來的做法，倒是滿讓人羨慕的。若能交個能說會道的朋友，每天就不用擔心無事可記了，但是交不到吧，要是能在班上最有趣的女生身上裝個竊聽器就好了。她在午休的時候、放學的路上、晚上在家打電話給同學的時候，都會說出不少值得記下來的句子吧。即便都是一些無意義的閒談也好，反正只是為了打發時間。

九月二十七日　週二

又偷聽了幾句班上女生的閒聊。這次她們說的是戀愛的話題，有個女生抱怨男友太小氣，另一個說高中生都沒什麼錢，不如找個大學生當男友，她還設計了一整套結識大學男生的妙策，說是可以放學後潛入大學的教室裡旁聽，順便和大學生搭話，請對方教自己功課……看來她們也是很寂寞的人，腦子裡也滿是二流言情小說的橋段。雖然她們不喜歡讀書，卻都是些渴望「故事」的人。

九月二十八日　週三

久違地借了一本詩集。譯文出於多人之手，品質參差不齊，有幾首為了押韻，用很多搬不上檯面的口語，想來原文並不是這樣的。放學後把書還了回去，到現在只記得一首湯瑪斯·格雷的《墓畔輓歌》，悼念一位年輕的死者──他的人生也好，死亡也好，都沒有什麼可圈可點的「故事」，既無趣又不值得紀念。今天騎車回家，等紅燈的時候就在想，如果我就這樣被車撞死了，我的生與死是否都是毫無意義的。後來綠燈亮了，就沒有再想下去。

九月二十九日　週四

明明想讀故事，卻總是借到一些故事性不強的外國小說，說到底只是自尊心在作怪嗎？可是班上的女生爭相傳閱的書，圖書館是借不到的。流行小說要從很早之前預約才能借到手，反正也只是打發時間，讀什麼都無所謂。當然，最好是看了能有些感想的書，至少晚上能把感想寫到日記裡，再幫我打發一些時間，但這樣的書太少了。如果我再敏感些，再容易被打動一些，或許就能對每本書都寫下一些感言了，結果還是我自己的問題。

九月三十日　週五

和自己無關的運動會，可以放心地坐在一旁讀書，昨天特地去借了本超過六百頁的巨著。被指派去跑八百公尺的女生裡有一個臨陣脫逃了，另一個倒是規規矩矩地跑完了全程，雖然也沒拿到什麼名次，但誰也不會責怪那個臨陣脫逃的女生。另一個女生在跑的時候，她的幾個死黨一直跟她高聲談笑，還時不時往跑道那邊投以輕蔑的目光。我想，班上的女生應該會更認同臨陣脫逃的做法吧——「換作是我，也不會費這個勁去跑的」，大家應該都是這麼想的。男生若是逞強一點，可能會有人覺得是「帥氣」，但太逞強的女生就只會引人反感。跑完全程的那個女生回來的時候，班長帶頭讓全班一起為她鼓了掌，但我很清楚，從心底讚賞她的人應該一個也沒有。

十月一日　週六

長假，哪裡也去不了，也沒有可看的書。昨天那本書還差一百頁沒看完，但它太厚了，帶回家不知道能藏在哪裡，還是算了。最近開始嘗試自己編一些故事，大多很老套，不然就是不成片段。寫進週記裡，老師也只會給幾句曖昧的評語，比如說希望我能寫點「妳這個年紀才能寫出來的東西」，不要一味模仿別人，還勸我「好好觀察生活」。我倒是想好好觀察呢。

十月二日　週日

作業寫得差不多了，不會的題目都隨便糊弄了個答案。要是能交到朋友的話，就能抄她的作業了吧。可是，被問起「為什麼要和我做朋友」的時候，回答說只是為了抄作業，對方會不會跟我絕交呢？但說到底，比這更齷齪的理由尚有許多，只是絕少有人說穿罷了。

十月三日　週一

今天開始到七號要上補習班。這樣也好，可以到河邊散散步。

中午有個補習班上的女生向我搭話了，問我要不要一起吃午飯，我姑且答應了。那也是個怪人，吃飯時一句話也不想和我說，坐在我旁邊聽起了音樂，把半邊耳機塞給我。是個男人唱的，我聽不出是日語還是韓語。從食堂回到教室時，她給我看了她的手機桌面，是個染髮的男人，鼻梁很高，她說這是她「老公」。我隨口問了一句「是妳男朋友嗎？」，她很吃驚，說我居然不知道某某某，後來就不怎麼理我了，自己聽起了歌。希望她明天不要再來向我搭話了。

十月四日　週二

難得補了一次國文，可惜是我最討厭的現代文閱讀。我已經習慣了一小時翻六七十頁，只看個大概，不深究細節，如今再讓我這麼仔細地讀一篇一千來字的短文，反倒很不適應，總是一眼就掃到結尾。看來那個老女人是對的，讀閒書對提高國文成績一點幫助也沒有——或許還有害。那個女生果然沒再來找我，午休之後就不知去了哪裡，看樣子是翹掉了下午的課，說不定是去找她「老公」了。

十月五日　週三

我也試著翹了一次課，去附近的市立圖書館轉了轉，那裡也能借到不少外國小說。可惜要辦張讀者卡，還是算了吧，被那個老女人發現就不妙了。

十月六日　週四

討厭下雨，也不擅長撐傘，走到教室身上都濕了，下午雨停了之後又悶熱起來。今天補了作文，用一節課的時間寫了一篇，題目是杜甫的一句詩「用心霜雪間，不必條蔓綠」。這顯然是個不必練習的題目，畢竟高考是六月，肯定比今天更熱，不會有哪個命題者忍心讓考生頂著酷暑吟詠霜雪。倒不失為一句好詩，要是能在考題之外的地方遇到它就好了。

十月七日　週五

臨睡本想寫點日記，忽然發現有一樣作業忘了寫，一邊挨罵，隨手應付了一下。那個老女人總算去睡了，我也沒有寫東西的心情了。

十月八日　週六

補假上課，圖書室卻沒有開，姚老師又在偷懶了。讀完了那本書的最後一百頁，死了不少人。剩下的時間就在發呆。

十月九日　週日

姚老師來上班了，一問才知道是去旅遊了。她送了一張押花書籤給我，說是今天來借書的人都有份，送完為止。

十月十日　週一

午休的時候，有兩個女生來找我搭話了。一個是國文小老師，也就是主張午休時要放動畫的那個人，另一個就是運動會時跑八百公尺的女生。幸好都是我認識的人，她們問我願不願意為校刊寫篇稿子，我答應了。反正只要用個筆名，也不會有人知道是我，正巧放假時多寫了幾篇週記，被我從本子上撕掉了。那幾頁紙現在就放在課桌裡，立刻就能交稿，但那樣做未免會讓她們起疑心，於是我說週五給她們。

十月十一日　週二

今天開始播的動畫還滿有意思的，反響也不錯。下午下課的時候，已經有人模仿起了女主角的那句「我很好奇」。見到國文小老師把小說原著借給了跑八百公尺的那個女生，我也想借來看看。放學後去了趟圖書室，卻被告知前面還有七個人在等。最後在姚老師的推薦下，借了那個作家的另一本書。

十月十二日　週三

再也不相信姚老師的推薦了，居然勸我借了這麼可怕的小說。一群人為了錢自相殘殺，最後又甩出一道我最討厭的數學題。這就是所謂的推理小說嗎？怪不得不用預約就能借到。

十月十三日　週四

日本的高中生真的過著動畫裡演的那種生活嗎？有點難以想像。可是，仔細想想，班上也不乏享受著每一天的同學。有時會聽到兩個女生討論放學後要去哪裡閒逛，或是週五放學時聊到週末一起出去的計畫。對她們來說，高中三年只是彈指一瞬吧。之前有個考上名校的畢業生回來和我們分享經驗，說高三再開始努力也不遲，前兩年不妨「多創造一些回憶」。當時朱老師的臉色真的很難看，又不好當面反駁，等那位學姊走了之後才告誡我們說高一、高二不打好基礎，等到高三再發力就來不及了。我想，對朱老師來說，高中三年一定再漫長不過。

十月十四日　週五

把稿子交給了那兩個女生，還是不好意思向她們借那本小說，也不是很想看了。昨晚花了很多時間想筆名，結果都不太滿意。一面想著只要不暴露自己，怎樣都好，一面又想要取個和真名沾一點邊的，總是把握不了平衡。今天到學校翻遍了手上的幾本書，也沒有拿定主意。眼看著就要到午休時間了，我自暴自棄地在稿子第一頁的右上角寫上了一個國中同學的名字。她去上海念高中了，不可能看到我們的校刊。當時沒和她說過幾句話，她父母可能都是讀書人，幫她取了個很有涵養的名字，看起來就像個筆名一樣。

十月十五日　週六

在補習班的教室外被國中同學認了出來，對方和我要「聯繫方式」，我只好把家裡的電話告訴了她。她一臉訝異地看著我，出於禮貌沒再多問，相信她永遠不會聯絡我了。

十月十七日　週一

昨天身體不舒服，睡了一整天，晚上反倒睡不著了，但也不想動，就一直躺到了天亮。今天午休的時候，那兩個女生又來找我了，說已經把我的小說敲進了電腦，寄給了編校刊的人，還問我寫的到底是謀殺還是殉情。不知為什麼，她們都認定房間裡有兩個人，但我不過是想透過側面描寫，來講個獨居者自殺的故事罷了。我不想敗她們的興，只說「是自殺」，結果提出了「殉情說」的女生一臉得意，還調侃了一句認為是謀殺案的女生。

十月十八日　週二

上課讀小說被抓到了。老師以為我是初犯，只念了兩句，最近英語課上要小心一點了，希望他不會跟班導師告狀。

十月十九日　週三

午休時拿著書準備還到圖書室的時候，被人叫住了。是那個跑八百公尺的女生，她手裡拿著數學課本，說是要去報刊閱覽室那邊自習，正好順路，問我要不要一起過去。我沒想出什麼拒絕她的藉口，就答應了。不過是幾步路，她卻說了不少話，連喜歡什麼作家都告訴我了，還問了我很多問題。她看起來很開心，和我聊天還能這麼開心的人還是第一次遇到。

十月二十日　週四

她今天也來向我搭話了，我們又一起去了圖書室那邊。每次提到她，都要寫一長串「跑八百公尺的那個女生」未免太麻煩，不如就叫她 α 吧，雖然我並不覺得還會有個 β。

十月二十一日　週五

午休時，α指著一本我準備還的書，問我「這本書怎麼樣？」。我雖然看了，對它卻沒什麼想法，只好支支吾吾地敷衍了一番。α苦笑著看著我，那眼神就像是在說「妳借了這麼多書，沒有都看完吧？是不是只是裝裝樣子？」，看來為了應付她，下次要替每本讀過的書準備些「感想」才行。

十月二十二日　週六

租用的場地要辦什麼考試，補習班停課一次，那個老女人毫不知情。我像往常一樣揹著書包出門，在河邊坐了一會兒。風已經有點冷了，又心血來潮地去商場裡逛了一圈。穿著校服、揹著後背包，實在不是適合逛商場的打扮。沒有吃午飯，餓一頓倒也無妨。下午去了趟圖書館，翻了幾本學校圖書室裡沒有的畫冊。路過借書處時，看到一個人的背影很像α，白色上衣、碎花裙，（若按照某位同學的見解）這還真是α可能會穿的搭配。沒過去搭話，到最後也不確定是不是她。

十月二十三日　週日

難得那個老女人不在，讀了一本藏在衣櫃裡的存貨，真是個幸福的週末。吃過晚飯才發現作業還沒怎麼寫，隨便應付了一下。如果跟α的關係能再好一些，是不是就能夠和她借作業來抄了呢？

十月二十四日　週一

拿到了校刊。原本是要花二十元買的，我和α她們因為供了稿，各收到了一本。換言之，我們的文章只值一本校刊的錢。如果能拿到稿費就好了，還能再補充一點存貨。

今天我和α都沒去圖書室，午休時在二樓的平臺讀校刊。後來國文小老師也來了（如果她多跟我說幾句話或許就能成為β了，可惜她只和α聊，沒怎麼理我），她寫了幾篇文章，介紹了幾個日本歌手。α寫的是《你往何處去》的讀後感，大多數篇幅都用來分析暴君尼祿的形象。其他班同學交的文章也以讀後感為主，有情節的少之又少。

十月二十五日　週二

午休時，班上的同學都在為下週的期中考做準備。α提議一起去報刊閱覽室複習，雖然對考試成績早就不抱希望，我還是還好書就去那邊找她了。她用昨天拿到的校刊替我占了座，坐在α旁邊，我總忍不住觀察她，根本看不進去。如我所料，她的筆記記得很仔細，不小心寫錯了字也會用兩道直得像拿尺畫出來的橫線畫掉重寫。在背完物理公式之後，她又攤開了公民課本，課本上每一頁都用螢光筆畫出了重點。觀察了一番之後，我的決心愈發堅定了——和α搞好關係，以便抄她的作業的決心。

十月二十六日　週三

今天中午，坐在α後面的女生也來一起複習。在我印象裡，她是個很穩重的人，舉手投足間都有種貴族小姐特有的緩慢，從耳機裡漏出來的弦樂聲也極像是高雅的古典樂。可是我瞥了一眼她的課堂筆記，實在大失所望。她的字跡有種很特別的邋遢，像冬天的枯草一樣頹喪地爬滿一整張紙，筆記本的空白處甚至還有她隨手畫的塗鴉。後來她似乎注意到了我的視線，總是用橡皮擦把塗鴉遮住，看來真是人不可貌相。

十月二十七日　週四

午休時沒和α一起去自習，她留在教室裡輔導坐在她後面的女生。我借了本書，不想回教室，就去溫室找了個孤零零的椅子。無法靜下心來看書，一個中午只讀了三十來頁。後來校園廣播響了，其他人陸陸續續回教室，我一直坐到預備鈴響。走進教室時，任課老師已經過來了。他見到我抱著一本借來的《小杜麗》，隨口說了句「都快期中考了還去借書啊」——我沒記錯的話，下午第一節課是國文，說這句話的這個老男人也是個國文老師。

十月二十八日　週五

從現在開始複習也不算太遲吧……

十一月四日　週五

昨天是成績出來的日子，又被罵了一頓。已經沒什麼感覺了，早就料到那個老女人會把我那邊翻個底朝天，所以事先把日記本放在了學校，衣櫃裡的存貨也轉移了地方，最大的損失是那本校刊被撕了。這樣也好，供稿的事情就永遠不會暴露了。

十一月九日　週三

最近都不敢在家寫日記。學校裡有可讀的書，也不用藉此打發時間，不過今天的事情一定要記上一筆，這可能是我升上高中後最值得紀念的一天。十一月九日，我不會忘記這個日子的——今天，我和α借作業來抄了。雖然只抄了兩道不會做的數列題，我想，我們應該不會有比這更進一步的交情了，對我來說這已經足夠了。

十一月十一日　週五

班會上說到了下個月初的合唱比賽，說要占用大家的午休時間排練。這種無聊的團體活動都消失算了，反正都是些沒人想聽的歌，唱得再好又有什麼用呢？不過以α的個性，肯定會認真參加每一次排練吧。換成別人，我肯定會覺得這很噁心，但α一定不是抱著什麼目的才這麼做的，所以沒關係。我也喜歡看別人勉強自己、出於無謂的責任感，做出許許多多無謂的事情來——反正我只是個旁觀者，永遠也不會參與其中。α真是個絕佳的觀察對象，簡直想以她為主角寫一本小說了。

十一月十二日　週六

午休時去了一趟市立圖書館，順便翹掉了下午第一節課，今天沒見到那個長得像α的人。後面是我最不想聽的化學課，但必須回去了，那個老女人要是來接我，我卻不在，豈不是太糟糕了嗎？

十一月十四日　週一

第一次合唱排練。沒和α分到同一個聲部，我的聲音太低沉了。坐在她後面的女生做指揮，彈鋼琴的是國文小老師的男友，反正不管是排練還是正式比賽的時候，我都準備對嘴了。

十一月十五日　週二

跟我同一個聲部的幾個女生沒來參加排練，好像是不滿王松蕙（是叫這個名字吧）當指揮。如果沒有α的這層關係，我也去參加她們的抵制運動算了。

十一月十六日　週三

那幾個女生的抵制運動只持續了一天，還是班導師厲害，幾句話就擺平了她們。低音聲部要唱的旋律很難聽，根本不成調。雖然我只是擺擺口型，聽旁邊的人唱還是覺得很難受。

十一月十七日　週四

如果向那個老女人抱怨說排練合唱會影響學習，甚至只是旁敲側擊地提一下每天中午排練的事，她就會去找班導師說情、讓我不用去參加了吧。國中時就是這樣逃掉了三年的遠足，可是那樣一來，未免太顯眼了，也太丟人了。我還是想像現在這樣，屏住呼吸，放輕腳步，努力不讓旁人覺察到我的存在。雖然α已經注意到了……有α一個人就夠了。

十一月十八日　週五

跟合唱有關的故事我接觸得不多，只記得國中的音樂老師放一部法國電影給我們看過，前一段時間我也借過一本日本人寫的小說，都美好得近乎童話。總聽人說「音樂不會說謊」，也許只有對生活懷抱著美好願望的人才能唱出美妙的旋律吧。我卻不是這樣的人，心裡滿是陰暗、不想被別人窺視到的東西。我的歌聲想必也不可能動聽，不如說一定是醜陋的，所以繼續濫竽充數吧。

十一月十九日　週六

那個老女人終於不怎麼唸期中考的事情了，我要好好享受期末之前這段平靜的日子。

十一月二十日　週日

樓下有個小女生練了一整天鋼琴，彈的都是極乏味的練習曲，搞得我也很煩躁，掰斷了一塊橡皮擦。後來琴聲停了，又隱約聽到了哭泣聲，看來是被罵了。現在她又開始彈了，也不覺得彈得比剛才更好。

十一月二十一日　週一

α和國文小老師勸我參加一個徵文比賽，還說我寫的東西「很像世界名著」。希望這不是一句罵人的話。參加倒是無妨，只是萬一獲了獎，被那個老女人知道了，我豈不是要遭殃？好在她的生活也一樣閉塞，即便我背著她出了書，她也不會知情吧。

十一月二十二日　週二

一連寫了好幾個片段，似乎都能用在參賽文章裡。但這些文字都是謊言，只是在假裝自己很愛這個世界，假裝被他人的善意打動了，假裝在一草一木中都看到了什麼深刻的東西——卻都是在自欺欺人。可是，這是要拿給α看的東西啊，我不想這麼早就被她討厭。雖然我也知道，我和α總有一天會絕交，只要她再了解我一些……

十一月二十三日　週三

寫了一些無法放進小說裡的片段。我這樣的寫法，肯定會被專業作家們笑話。別人都是先搭起故事框架來，再往裡面填東西，我卻是先做好一塊塊拼圖，然後祈禱著它們能拼出一幅完整的圖卷。道理我都明白，但我就是想不出一個可寫的故事。如果沒有合唱排練就好了，我就能問問α的看法了，說不定她能幫我想出一個故事來。

十一月二十四日　週四

昨天放學後去借了一本《故事形態學》。之前沒聽說過這本書，只是檢索了一下「故事」，所有結果裡就是這個標題最有趣就借了回來。今天簡單翻了一遍，看得一頭霧水。作者明確地說他的種種分析只適合民間故事，不適合創作出來的小說，恐怕無法為寫作提供什麼幫助。可是闔上書之後，我忽然想通了——只要把前人寫過的元素拼湊一下就好了，反正也沒有什麼真正想寫的東西。

十一月二十五日　週五

決定了！兩個人成為朋友——爭吵——離別——和解，就利用這些「功能」（昨天剛學會的詞，不知是不是這麼用的）來寫個「故事」吧。我之前寫過一段火車月台的描寫，用在「離別」的場景裡應該再合適不過了，唯獨「爭吵」的部分不知該如何下筆。回想起來，沒有跟那個老女人之外的人吵過架，最近跟那個老女人也不怎麼吵了。要不要找α演練一下呢？

十一月二十六日　週六

那個人果然就是α，今天又在市立圖書館碰見了她。她把兩本發聲練習教程還了回去，又借了我們要唱的那首歌的作曲家傳記。為什麼要對別人強加給自己的事這麼熱心呢？猶豫了半天，最後終於下了決心、跟她打了聲招呼。她很開心，說自己幾乎每週都會來，聽說我在附近上補習班，就約我下週六一起吃午飯。我無法答應，只好推託說午休時間太短，只夠在補習班的食堂吃飯——這當然不是實情，否則我也不可能出現在她面前。

我拒絕她，完全是經濟上的原因。恐怕她也很難想像有人活了快十六年，一次零用錢也沒拿到過，只有騙家長說自行車壞了才能勉強拿到一二十元人民幣，也大多用來買「存貨」了。為了湊出和她在附近吃一頓飯的閒錢，只好再說一次謊。上次說謊是九月，要錢太頻繁是會被戳穿的。她看起來有點失落，又問我家在哪裡，是否順路，最後得出了以後可以把我送回家再坐公車的結論。今天她還有事，先回去了。

十一月二十七日　週日

吃飯時聽那個老女人講起了同事的孩子，說那個女生正在美國讀物理學博士。煩死了，我就算真被美國的大學錄取了，家裡也拿不出供我去留學的錢吧，說這些又有什麼用呢？

十一月二十八日　週一

合唱比賽。和預想的結果一樣，四班拿了第一，我們班第二。連之前說要抵制合唱排練的幾個女生看起來也很開心，反正我一句也沒唱，結果如何都跟我無關。對了，坐在α後面的那個女生還被選為最佳指揮，α提議說放學後去附近的甜品店為她慶祝一下。反正我也去不了。

十一月二十九日　週二

午休時又能和α一起去圖書室了，可這竟也成了我的煩惱，今天她又指著一本我要還回去的書問我感想。也對，她是那種對很多事情都有感想的人，理所應當地覺得我也是那樣，殊不知我並不像她那樣喜歡讀書。α明明有其他可做的事情，也有能自由支配的時間，卻總是選擇用來讀書，一定是真的熱愛文學。說不定她以後也會報考相關的科系，這讓我很羨慕。啊，如果能喜歡上什麼就好了⋯⋯

十一月三十日　週三

有點想叫國文小老師為β了。之前合唱排練的時候，她跟我分在同一個聲部，休息時也和我閒聊過幾句（為什麼一次也沒有記到日記裡呢？真是奇怪）。即便對我來說，她也是個很容易相處的人，難怪在班上很受歡迎，又交到了男友。可是，我卻總是對她抱有負面的情緒。如果說對α只是羨慕的話，對她恐怕就是妒忌了。我只想和一隻螢火蟲或一盞燈做朋友，而不是一顆我不敢直視的太陽。

十二月一日　週四

午休時α被學生會的人叫走了。我心想，她應該不會惹了什麼事，估計是那邊的人想勸她加入。果不其然，是班長推薦了她。但α並不打算加入，只答應幫他們算算活動經費。

十二月二日　週五

去圖書室的路上問α為什麼不想加入學生會，她說「現在這樣就很好」。有點意外，忽然覺得她比我想像的更消極，但仔細想想卻發現的確是這樣。運動會的時候如果幹部不指定，她不會報名參加任何項目；為校刊供稿的時候也是，如果國文小老師不找她，她也不會主動投稿吧。難怪我總對她有種莫名的好感，我們在消極這一點上是一致的。只不過她在對待別人強加給自己的事情時，態度比我認真一些。至於國文小老師，為了中午放動畫，不惜和同學撕破臉，積極得近乎強硬了。我無法成為那樣的人，也註定和她做不成真正的朋友。

十二月三日　週六

補習班放學之後和α一起回家。不記得一路聊了什麼，本想在編故事方面問問她的意見，卻一句也沒問出口，只讓她送到了社區門口。若讓那個老女人看到我交了朋友，只怕又要問東問西了。說到底，不就是怕我和成績不好、品行不良的人混在一起嗎？但是，班上真的有成績比我還差的女生嗎？上課一直看小說的我，品行也絕不在優良之列吧？

十二月四日　週日

一整晚都沒睡好，起來寫點東西時被那個老女人發現了。還好她以為我是在整理課堂筆記。

（沒記過的東西要怎麼整理呢？）

十二月五日　週一

今天的校園廣播請姚老師去做了嘉賓。主持人顯然不知道她丈夫也是學校的老師，居然問她們夫婦是在哪裡相遇的，姚老師也只好笑了笑說是在學校的走廊裡。廣播快結束的時候，她說學校要處理一批藏書，明天中午會把那批書擺在操場上，每人最多可領取五本，這倒是一個久違的好消息。

十二月六日　週二

午休時和α一起去操場挑揀除籍本，姚老師也在。大多是一些二十世紀出版的理工科書籍，小說不多，而且往往是蘇聯或東歐的，讓人提不起興趣來。我和α一起翻了好久，總算找到了幾本司各特的小說，她拿走了幾冊分類版《辭海》。

十二月七日　週三

國文小老師的生日，α送了她一本《德米安》，說是她喜歡的動畫引用過裡面的話，我寫了首小詩送給她。放學後她和男友去約會了，α問我生日是什麼時候，我告訴她是一月初。她說真不巧，那正是大家期末複習的時候，不過她會幫我慶祝的。α的生日在暑假，恐怕也沒有同學會跟她一起過。

十二月八日　週四

下雪了。關於下雪，學校流傳著不少傳說，今天聽班上兩個女生聊起，說是發生過命案，只怕又是哪個好事的高年級生編出來嚇唬學弟妹的。下雪天最不適合騎車，但也唯有在這種日子，慢慢悠悠地推著車走回家也不會被責怪。結果放學時雪已經停了，地面上也沒留下什麼痕跡，到頭來還是像往常一樣騎回家了。

十二月九日　週五

昨天是雪，今天忽然又下起雨來了。α沒有帶傘，國文小老師說會把她送回家。我只跟那個老女人一起共撐過一把傘，她會把傘稍稍往我這邊傾斜，我卻只覺得很討厭。看到的人一定都在心裡罵我不孝吧。說到下雨，還真是一點美好的回憶都沒有——雖然晴天一樣沒有。

十二月十日　週六

和α一起回家。她說在和國文小老師寫交換日記，問我要不要加入，我沒拒絕。結果她立刻從包裡取出一個本子，從銀色的封面上依稀能辨認出幾道顏色稍深的唐草花紋。α硬把那個本子塞給我，若是被那個老女人發現就不妙了，可是也想不出什麼不收下的藉口。回到家，立刻把本子藏到了衣櫃裡。雖然很在意她們寫了什麼，安全起見，還是等明天那個老女人不在的時候再看吧。

十二月十一日　週日

原來α她們是上週才開始寫的，有點失望。國文小老師寫了很多跟她男友有關的話，要不然就是看動畫的感想。不管是什麼話題，她總會引用網路上的觀點（「看網路上說」），不看字跡和落款也知道是出自她的手筆。α的部分倒是和我想像的差不多，內心戲很足，簡直像我討厭（卻一直在看）的德國文學一樣。讀了什麼無聊的書都能寫一大段感想，甚至在字典上看到「有意思」的詞條也要記上一筆，像「鳩聚」、「噬臍」一類到死也用不到的詞，又何必用心去記呢？當初沒選α做國文小老師實在是朱老師的失策。

十二月十二日　週一

昨晚匆匆寫了幾筆交換日記。不知該寫些什麼，就向她們道了謝。我確實很想看她們的日記，卻又覺得動手寫是個很大的負擔。我既不像國文小老師那樣過著精彩的生活，也不像α那樣多愁善感，寫日記只是為了打發時間，實在不值得拿給別人看。回想起來，開始寫這本日記也不過是因為讀了幾篇日記體小說，忍不住效顰罷了，沒想到居然堅持到了現在。至於讀書，也是國中時看到班上的女生都在課堂上偷偷讀小說才開始看的。α有次說我是「文學少女」，這真是天大的誤解，明明她自己才是。

十二月十三日　週二

午休時班上又吵了起來。有幾個男生說今天不宜放日本動畫，國文小老師問為什麼，被他們嘲弄了一番。可能是對方是女生的緣故，他們只是說她「無知」，沒用更難聽的詞，後來班上大多數同學都戴上了耳機。我沒有耳機，只好一邊看書一邊吃飯，最後國文小老師和男友去外面吃飯了。

十二月十四日　週三

又拿到了那個唐草花紋的本子。α說讀了我寫的話很感動，換作別人這麼說我只會覺得是客套，α的話大約是真的被打動了吧。然而，我並不確定自己有幾分誠意。

十二月十五日　週四

體育課休息時，國文小老師說很喜歡我的名字，說是很「和風」，問我是否有什麼深意。這可真問倒我了，名字是我父親取的，究竟是什麼意思，只怕那個老女人也不知道，何況是我呢？

只好敷衍說是「遠處的江」。結果她竟忽然唱了一句「遙遠的東方有一條江，她的名字就叫長江」，α在一旁聽了我們的對話，笑得快斷氣了。

十二月十六日　週五

午休時，國文小老師說最近沒時間寫交換日記了。α問是不是臨近期末的緣故，她說不是。原來她當上了某個動漫論壇的「版主」，要忙一段時間，又是我毫不知情的世界。α提議說交換日記先停一段時間——她給的理由倒是「快期末考了」。

十二月十七日　週六

今天α有事沒來市立圖書館。又下了場雨，還好是上課的時候。冬天太難熬了，每天鑽進被子的時候都很想死，起床還更艱難一些——糟糕，這活像是α會寫進日記裡的話，不知不覺還是受到了她的影響。可是說到底，我們過的根本不是同一種生活。

十二月十八日　週日

要參加徵文比賽的小說（姑且算是小說吧）寫了個初稿，猶豫著要不要拿給她們看。有些話自己看了都覺得丟人，她們若是當著我的面讀，我真恨不得找個地縫鑽進去。可是到最後肯定要拿給她們，畢竟，敲進電腦這一步，只能拜託她們兩個。

十二月十九日　週一

把稿子帶到學校，沒好意思拿給她們看，又帶回家了。明天，至少從書包裡拿出來吧，哪怕只是拿出來之後放到書桌裡……

十二月二十日　週二

先不想稿子的事情了。昨天滿腦子都是這件事，都沒怎麼跟 α 她們說話。反正還有時間，等放了寒假也不遲。

十二月二十一日　週三

開始重寫那篇小說了，提不起興趣寫日記，也不想讀書。

十二月二十二日　週四

撕掉了第二稿。

十二月二十三日　週五

連第一稿也撕掉了。

十二月二十四日　週六

回家的路上，跟α聊起了寫東西時遇到的麻煩。她建議我找一些可參考的書，又問我是個怎樣的故事。我說是兩個女生的故事，結果她皺起了眉頭，說這樣的故事恐怕很難找到參考對象。我也這麼覺得，平常借到的書，大多寫的是男女之間的事，頂多是兩個男人之間的，絕少有以兩個女生為主角的。就算有，也往往是《綠山牆的安妮》一類的兒童文學。

α又說國文小老師喜歡的動畫裡不乏這一類作品，勸我問問她的建議。可是就算她向我推薦了某部動畫，我也沒有觀看的條件，還是算了吧，總會有辦法的。

十二月二十五日　週日

昨天α跟我說學校的合唱團今天會在市內的教堂演出，問我要不要一起去。我當然去不了，看來α是真的喜歡上合唱了。在家嘗試寫第三稿，未果，找不到合適的文風。

十二月二十六日　週一

午休時去問了姚老師的意見。她建議我參考《威廉．邁斯特的學習時代》裡的一個章節，又塞了一本安德烈．紀德的《窄門》給我。《窄門》我幾個月前看過一遍，正是裡面女主角的日記部分，連同另外幾篇日記體小說，讓我萌生了寫日記的念頭。不過我當時不太喜歡這個故事，嫌它太過「內省」，在沒有宗教背景的我看來終顯得有些隔膜。這一次重讀，卻注意到了不少此前未曾注意到的細節，結果愈發自慚形穢了。幸好昨天沒有寫完第三稿，否則今天我也會把它撕了。

十二月二十七日　週二

姚老師又塞給我一本太宰治的《女生徒》。本以為能參考裡面的寫法，讀了卻很失望。他筆下的女孩子太普通了，就像α一樣——甚至像我一樣，全然不像故事裡的人。

十二月二十八日　週三

熬了一夜寫好了第三稿。一整天都昏昏沉沉的，上課時睡著了好幾次。晚上回到家又讀了一遍，雖然仍不滿意，但也只好這樣了。我的水準在短時間內估計不可能再提高了，鼓起勇氣問問α的意見吧！

十二月二十九日　週四

第一節課後把稿子交給了α。午休時她還給了我，還說了感想。如我所料，都是一些讚美的話。聽了之後，我卻愈發懷疑這篇文章被我寫爛了。把她所有誇獎我的話都套用到一篇寫景的散文上面也是恰當的。關於「故事」，α卻不置一詞。恐怕她也看穿了，人物也好、情節也好，我都只是用來銜接一段段事先寫好的「描寫」，就像是串起一顆顆菩提子的細繩，輕輕一扯就斷掉了，根本禁不起推敲。反正這一切都是憑空捏造的，是向壁虛構的，也是我永遠不可能經歷的——沒人會經歷，那樣的世界根本就不曾存在過。

十二月三十日　週五

明天起放三天假，補習班也停課。下午不上課，在學校禮堂辦了場聯歡會。我一直坐在α旁邊低頭看著書，唯獨在兩個我認識的人表演時把頭抬了起來。坐在α後面的女生為全校師生演奏了小提琴，四班的一個女生為她彈鋼琴伴奏。就算是我這種外行也能聽出來，兩個人配合得很沒有默契，姚老師為大家背誦了一大段《哀江南賦》，真是個煞風景的女人啊。

十二月三十一日　週六

總算熬過了一年，希望明年能過得快一些。

一月一日　週日

下午兩三點的時候，電話響了，是那個老女人接的。她說了句「她不在家」，看來是打給我的。因為家裡只有我們兩個人，又不是打錯的電話，既然不是打給她的，那只會是打給我的（簡單易懂的三段論）。班上只有α知道我家的電話，應該是她打來的。莫不是要約我出去玩？算了，就當我真的不在家吧。

一月二日　週一

作業是去年的期末考題。有半數左右的題都不會寫，下週的期末考真的沒問題嗎？

一月三日　週二

久違地抄了α的作業。向她確認了一下，元旦那天的確是她打電話到我家，說是當時跟國文小老師在我家附近的商業區閒逛，問我要不要過去，我只好騙她說當時自己一個人去了親戚家。為了掩蓋那個老女人的謊言，不得不說了謊。明天是我的生日，不知α會不會記得。

一月四日　週三

收到了來自α和國文小老師的生日禮物。α送了我一本井上靖的《天平之甍》，國文小老師則送了我一個動漫角色的吊飾（起初我以為是隻河馬，結果她說是貓）。吊飾是肯定不能帶回家的，不如就放在書桌裡吧，每天來學校之後掛到筆袋上，放學回家前再摘掉——說得輕巧，每天都如法炮製也真是夠麻煩的。

一月五日　週四

讀了α送我的《天平之甍》。的確是她會喜歡的書，雖說寫的是鑒真東渡的故事，於鑒真本人卻著墨不多。讓人印象最深的，還是裡面寫到的一個叫業行的日本僧人。他用了半生精力在大陸抄寫佛經，想將正確的經文帶回日本，最終卻和經卷一起葬身魚腹了。即便是我這樣冷血的人，看了這個故事也覺得很難過。徒勞，然後是虛無，又隱隱地覺得這裡面有什麼深意。倘若這不是作者的虛構，他的一生也不能說是全無意義的，至少成就了這個故事。

一月六日　週五

午休時和 α 一起去報刊閱覽室自習，國文小老師也在。她見到我把她送我的吊飾掛在筆袋上很開心，把我的筆袋拿過去把玩了很久。國文小老師應該是個懶惰卻聰明絕頂的人吧，我看她沒有專門的課堂筆記本，所有的重點和老師補充的內容都用工整的字跡寫在課本的空白處。α 用紙筆整理要點的時候，國文小老師只是盯著課本看，看幾眼就翻一頁。後來她男友也來了，她就跟男友一起坐到別處了。

一月七日　週六

本學期最後一次補習。今天 α 沒有去圖書館，肯定是在家忙著複習。一想到期末考之後又是一場災難，我就憂鬱了起來。好在這樣的災難已經歷過太多次，早就有了應對它的經驗。我已經沒有什麼能被那個老女人剝奪的東西了，為什麼要怕她呢？

一月十一日　週三

明天只上半天課，那個老女人並不知情。週五就是審判日了。

一月十二日　週四

第一天考的國文和數學已經公布成績了。好的一如既往地好，糟糕的也一如既往地糟糕。明天再告訴那個老女人吧，不想讓今天這個美好的日子蒙上陰影。下午和α一起去了學校附近的書店，在裡面磨到了放學時間才回家。站著看完了一本學校圖書室借不到的流行小說，對姚老師選書的眼光肅然起敬。α對哲學類的書也都很有興趣，臨走的時候還買了幾本。那種沒有故事的書我肯定是讀不下去的，即便是歷史讀物也不是很吸引我。總聽人說現實永遠比虛構更精彩——我可不這麼認為。

一月十三日　週五

週五，恰逢十三號，今天是二流恐怖小說最喜歡渲染的「黑色星期五」，對我來說的確是個不幸的日子。成績沒有想像的那麼糟，很多拿不准的題目都猜對了，可是距離那個老女人對我的要求還差得很遠，一場災難恐怕難不了了。昨天已經把日記本轉移到了學校，我的房間今天也會被翻得底朝天吧。

一月十九日　週四

把日記本和基本存貨轉移回家了。午休的時候α跟國文小老師來找我，說距離徵文的截稿日只剩下兩週了（最後一週又撞到春節假期，恐怕會被那個老女人死死盯住）。明天只上半天課，α請我去她家做客，說是要最後核對一遍稿子，沒有問題的話她週末就幫我列印好、寄出。

一月二十日　週五

結業式之後，我就跟α去了她家裡。她果然家境不錯，住在面陽的房間，有四五個書架的藏書。桌上有一台闔上的筆記型電腦，還連接著一台印表機。房間布置得很簡潔，但色調非常清新可愛，看一眼就知道是文學少女的閨房。跟這個房間的氣氛格格不入的，就只有書架上的一個動漫角色玩偶了，不用問也知道是國文小老師送她的。

α用手機叫了外賣，等外賣的時候瀏覽了一遍架上的書。有兩本我一直想看卻總是忘記去圖書室借的，她說可以借給我。她還向我介紹了一番哲學類的書籍，抽出一本《尼各馬可倫理學》遞給我，說她聽外公說這本比較簡單。我翻了一下目錄，見到有不少討論「友愛」的內容，特別是有一節叫「不平等的友愛」，正準備翻到那一頁的時候，外賣送來了。α說有興趣的話就借回去看吧，在她去樓下取外賣的時候，我把那三本書裝進了包包裡。

吃過午飯，α打開電腦，給我看她輸入的我的稿子。起初她坐在我旁邊跟我一起核對，後來像是察覺到了我的羞恥心，她很自覺地坐到床上，看起了小說。我刪掉了幾句過於油滑的比喻句，生怕它們敗壞了氣氛。我當時一定是太睏了，才會寫出那種話。確認過之後，她把文章列印了出來，又讓我填寫了從國文小老師的雜誌上剪下來的表格。她說會鄭重一點，替我寄個EMS過去。後來我們又閒聊了一會兒，談到了國文小老師和坐在她後面的女生。α真是個好人，沒有說她們的壞話，這樣我就放心了，不用擔心她跟她們議論我的時候說出什麼刻薄的話來。

太陽快落下去的時候，我就告別了α，回到了一無是處的家裡。吃過晚飯，躲回房間，迫不及待地翻開了那本《尼各馬可倫理學》，有點失望。講得太抽象了，對於實際的交往似乎沒有什麼幫助。亞里斯多德說友情基於三種不同的原因，或是因為可愛的事物，或是因為愉悅，或是有利用價值。真是奇怪，我一點也不可愛，像我這麼陰沉也很難讓人愉快，更絕無利用價值，α為什麼會願意跟我做朋友呢？

一月二十一日　週六

家裡的防盜門如果從外面用鑰匙上鎖，就無法從裡面打開。小時候一放假，那個老女人就會把我鎖在家裡。上了國中之後，她為我選了更好的去處——補習班。她大約也發現了，我一人獨處的時候除了發呆，什麼也懶得做，她卻不知道我在課堂上也是這樣。補習班從今天開始，先上到下週四，春節假期之後再繼續。

一月二十二日　週日

α打電話過來了，那個老女人正在炒菜，讓我接了電話。她說已經把我的稿子寄了出去，跟

α約好明天在市立圖書館見面。

一月二十三日　週一

市立圖書館的開架閱覽室冷得要命，我和α披著大衣，瑟縮著靠在一起，站在外國文學的架子前選書。我用她的卡借了一本俄國小說，她借走了擺在旁邊的契訶夫戲劇集。我不喜歡契訶夫的戲劇，總覺得它們很像國文小老師喜歡的那一類動畫，徒有氛圍和人物，卻什麼故事都沒講。當然，這些掃興的話我是不會說給α聽的，因為我知道α一定會喜歡。

漸漸能準確判斷α的好惡了。她還是受到了國文教育的荼毒，一心想從文學作品裡讀出什麼深意來，所以她也不會喜歡我寫的小說才對。雖然我自己也不喜歡，但不喜歡的方面恐怕並不一樣。我是討厭自己只能編造出單薄而機械的故事，無法寫出更精彩的「起承轉合」。在她眼裡，恐怕我的那篇《哀歌》說到底只是辭藻的堆砌，是一種遣詞造句的練習。這樣想想，她所謂的「像世界名著」也只是句客套話而已，反正在她眼裡「世界名著」都應該有深意。

一月二十四日　週二

今天α要跟國中的同學聚會。昨天她說起這件事，並不是特別開心。本以為是有什麼不想見到的人，結果卻是不喜歡唱卡拉ＯＫ這種理由。不能跟她碰面，我就乖乖地去上課了。忽然有點想念姚老師，不知她寒假過得如何，我也不知道該怎麼聯絡她。

一月二十五日　週三

α 用手機給我看了姚老師的「動態」。她好像去日本找朋友玩了，發了很多料理和酒的照片，還有就是雪景，在我們這邊很少能見到那麼大的雪，把一輛倒在地上的自行車都埋了起來。α 說姚老師去的那個城市是泉鏡花的故鄉，自己也很想去。我又想起她送我的那本《天平之甍》裡，駛向日本的船隻紛紛葬身碧海的描寫。對於那個時代的人來說，日本應該是個遙不可及的國度吧，對我來說又何嘗不是這樣呢？

一月二十六日　週四

將近一半的學生都缺席，老師也懶得去管。我也想過要翹課，又覺得沒什麼可去的地方。圖書館從今天開始放假，河邊太冷，身無分文地走進商場又未免太自虐，至於回家……即便那個老女人不在我也不想回去。那個陰冷、沒有生氣的房間，我已經受夠了。就算無心聽課，也姑且留在開了暖氣的教室裡吧。

一月二十七日　週五

除夕，我準備早點去睡了。

一月二十八日　週六

放炮的人比去年少了。不對，應該說還住在這個社區裡的人本來就不多了。如果能搬走就好了，那個老女人也考慮過搬家，還看上過一套房子，在一個不錯的社區裡，離我的學校也不遠，而且已經做好了裝修。但那是一套一房的房子，如果搬過去，我連自己的房間也要失去了。幸好經濟上終究不允許，她後來打消了搬家的念頭。

一月二十九日　週日

象徵性地去了親戚家。誰家的孩子都比我有出息，比我懂事。

二月二日　週四

正在煩惱不知道要怎麼熬過那個老女人在家的這幾天，忽然就病倒了，真是走運。前天燒到了三十九度，這幾天幾乎都是睡過去的。明天開始就又要去上補習班了。

二月三日　週五

身體還沒完全恢復。可能是吃了感冒藥的緣故，下午的課都睡了過去。國文老師出了十篇週記的作業，夠我寫一陣子了。也沒什麼可記的事情，日記這玩意兒還真是不寫也罷。下週約 α 出來吧，見到她應該就有寫日記的興致了。

二月七日　週二

今天是學校圖書室開放的日子，我翹課過去了一趟，見到了姚老師，也見到了α。吃了姚老師從日本帶回來的點心，太甜了，一點也不好吃，又被姚老師哄騙著借了幾本推理小說。α借了幾本關於古典樂的書，想來是為了跟坐在她後面的女生搭話。想騎車載α一程，卻失敗了。後來我先回家一趟把車停好，又把書藏了起來，回補習班上了最後一節課。

二月八日　週三

昨天跟α約好一起去找國文小老師玩，結果被她帶到了一個小型漫展的會場。有不少攤主都認識國文小老師，她男友也擺了個攤位，賣自己製作的CD。他說要送我一張，被我以家裡沒有播放設備為由拒絕了。我戴上耳機試聽了一下，都是他演奏的鋼琴曲，應該是根據動漫歌曲改編的吧，α倒是買了一張。

二月九日　週四

讀了姚老師推薦的推理小說，只有一本還有點意思。看簡介，寫的是發生在紐約市的連環凶殺案，我以為會是本很血腥的書，沒想到毫無血腥場面（因為作案手法是用繩子把人勒死），作者反而花了大量篇幅來講述每個死者的故事。可惜的是，被殺的終究是些再普通不過的市民，他們的一生用寥寥幾個段落就能概括了。

二月十日　週五

下週五就是返校日了，要交作業。我這邊除了週記，都沒怎麼動筆。α已經寫完了吧，返校前一定要找個機會和她借作業來抄。

二月十一日　週六

跟α約好去市立圖書館，結果來的卻是國文小老師。她說α臨時有事又聯繫不到我，叫她過來知會我一聲。她把我帶到旁邊的一家咖啡館，還很大方地替我買了單。我不敢喝咖啡，要了杯熱可可。她倒是點了咖啡，只加了奶，沒有放糖。這應該是我第一次跟她單獨聊天，我們能找到的共同話題恐怕只有α了。她說α這樣的女生如果出現在動畫裡，一般不是學生會長就是「風紀委員」。我提醒她，α曾拒絕學生會的邀請。她說這畢竟不是動畫，在這裡，誰也不想跟「組織」扯上關係，我倒是覺得國文小老師只注意到了α身上比較堅硬的一面——可能是因為跟她自己大相徑庭的緣故吧——沒有注意到α也有柔軟的一面。聊著聊著，α本人就出現了。我順理成章地要α借作業給我抄，作為放我鴿子的賠罪。她答應得很爽快，國文小老師就忽然插了一句說自己的作業還沒怎麼動筆，後來我們約好下週一去國文小老師家裡一起抄作業。

二月十三日　週一

雖然已經做足了心理準備，走進國文小老師的房間時還是嚇了一跳。那是個朝南的主間，有我的房間兩三倍大。靠東牆立著兩個書櫃和三個衣櫃，還有一個透明的玻璃櫃，裡面擺滿了動漫角色的玩具，書櫃裡也擺了一些。她的藏書大多是成套的漫畫或是那種有插圖的小說。靠西牆擺有書桌和雙人床，書桌上方和床頭都貼滿了海報，大多是動漫角色的，也有幾張是真人（幾個並不是很漂亮的女孩子）。床靠牆的一側堆滿了布偶，少說也有三四十個。在這種地方真的能讀書嗎……話雖如此，她成績比我好卻也是不爭的事實。α顯然不是第一次來，一點也不吃驚，還指著玻璃櫃裡的一個金髮少女的玩具問「這個是不是妳新買的？」。

國文小老師並沒有說謊，她的作業真的沒怎麼動筆。不過就算借不到α的作業，她也能和男友借作業來抄，所以才這麼有恃無恐吧。我只是理科的作業需要抄，她就先把英語作業拿去了。在我們埋頭抄作業的時候，α一直在翻看架上的書。後來國文小老師放起了音樂，都是些很吵鬧的日文歌，有些聽起來簡直像兒歌一樣幼稚。

抄一道數學證明題時，有個字寫得太小，看不太清楚，想向α確認一下，結果我真的喊了一聲「α」。她顯然不知道我在叫她（更不可能知道我在心裡一直這麼叫她），但還是看了過來。我連忙搪塞說，是題目裡有個α，忍不住念了出來。當時心臟快得像失控的節拍器，我的臉上恐怕也紅得不成樣子。「這有什麼忍不住的」，國文小老師在旁邊插了一句。α湊到我身邊，看了看自己的作業本，倒是沒起疑心，只說了句「那不是α，是英文字母 a」。

作業沒抄完，我卻不得不回去了。國文小老師只抄完了英語和化學，但她明天和男友有約，我跟α約好明天在圖書館見面。

二月十四日　週二

逃掉了下午的課，和α在市立圖書館門口碰頭，去自習室抄她的作業。我抄作業的時候，她在讀一本介紹佛教基本常識的書——從某種程度上說，倒是滿適合今天這個日子的。花了整整三個小時總算抄完了，跟她一起回家的路上，我忍不住說了一句「國文小老師今天在跟男友約會吧？」對此，α也很好奇，她趕忙拿出手機看了一眼國文小老師的「動態」。原來，今天也是國文小老師最喜歡的動漫角色的生日，她特地訂了個蛋糕，要跟男友一起為那個角色慶生。真是理解不了這群人的腦回路，我若是做出這種荒唐事，估計會被那個老女人趕出家門。

二月十五日　週三

上補習班的最後一天，讀了從α那裡借來的《春雪》，花了十幾個小時才看完它，已經很久沒有這麼仔細地讀一本書了。看完有些自慚形穢，回想起來，我那篇《哀歌》真是寫得太差勁了，完全達不到能拿給人看的水準。我無法騙自己說寫它只是自娛自樂，因為，若不是α勸我寫它，我就不會動筆。也許，當初就不該把它投出去，應該在列印好之後騙α說我自己去投遞，然後根本不寄出它——就像國中時寫的那些沒有收件人的信一樣。不對，我到底在害怕什麼，連我自己也有些糊塗了。我真的只是怕它被α（以及國文小老師）之外的人看到，還是怕被刊載出來被更多人看到呢？可是，如果真的在擔憂這件事，也就說明我心裡還是抱有僥倖心理，覺得自己有可能殺進複賽。甚至，也許我內心深處很自負地認定自己一定能入圍。不敢再想下去了，總是剖析自己，早晚會瘋掉的。

二月十七日　週五

返校日。我能交齊作業，都要感謝α。可惜我手上沒什麼錢，無法買點什麼感謝她，不知不覺已經欠了她太多人情。

二月十八日　週六

看了一遍昨天領到的國文課本，選進了海倫．凱勒的《假如給我三天光明》，還有一篇是《安妮日記》的片段。我很懷疑她們的文章和事蹟是否真的有什麼「教育意義」，恐怕讀了這樣的東西，非但不會使人受到鼓舞，恰恰相反，只會讓我們嚮往她們的不幸而已。

二月二十日　週一

開學第一天，午休時久違地和α一起去圖書室。她問我後來有沒有再寫些什麼，可惜並沒有，我反過來問她為什麼不寫篇小說試試，她說不會編故事——明明我也沒什麼可寫的故事，只是因為她勸我寫，我才勉強拼湊出一個。到了圖書室，見到姚老師在向學生推薦推理小說，似乎已經有幾個高年級的學生被她培養成了推理迷。我就算了，她喜歡的那種推理小說充滿了技術細節，故事卻寡淡得很，不然就都是一些套路化的東西。又聽那幾個高年級的學生說想在學校裡辦個讀推理小說的社團，準備請姚老師去做指導老師。所謂學生社團又不像動畫裡演的那樣，本來就是既無經費又無固定活動時間，有名無實的東西，真的需要特地找個指導老師嗎？

二月二十一日　週二

今天去圖書室時又撞見了那群人。創建社團的事情好像已經敲定了，姚老師問我要不要加入，我盡可能委婉地回絕了。讀書這種事，一個人就能做，不如說一個人讀書才更有效率——真的需要為了讀書而組團嗎？

二月二十二日　週三

午休時，國文小老師問我願不願意再為校刊寫一次稿子。正巧週記本發了下來，都堆在她桌上，便讓她挑了一篇休假時寫的小散文，仍由她代勞敲到電腦裡。順便翻了一下α的週記本，果然又多了好幾篇讀後感，其中有一篇談的還是國文小老師借給她的漫畫。我和國文小老師一起把週記本搬到講臺上，叫同學們過來領。一瞬間真覺得我們是朋友，不過幾分鐘之後她就被男友叫走了。

二月二十三日　週四

α真的很讓人安心，既不會說誰的壞話，也不會與誰有衝突，和她在一起不必擔心受到傷害。可是漸漸地，我已經能看透她的行動模式了，和她聊天也總能預知她的反應。一本書，如果我們都讀過，我也能把她的讀後感猜個八九不離十。常聽人說能寫好小說的人，必須善於觀察他人，莫非我也有這方面的天分？恐怕也不是。雖然接觸了這麼久，我就根本無法預測國文小老師的想法和行動，她就像一列隨時可能脫軌的火車一樣，也許只是α太好懂了。我想，不論是誰都會覺得國文小老師遠比α更有趣。可是，和她做朋友並非沒有風險，說不定哪天就會受到傷害吧。（時常聽她說班上其他女生的壞話，不知背地裡又是怎麼議論我的）那麼我呢，對她們來說又是不是「安全」的呢？雖然我深知自己如何陰暗不堪，至少在α面前，姑且裝得乖巧一些吧。

二月二十四日　週五

聽國文小老師說徵文的初審結果快要公布了，會登在新一期雜誌上。午休時和她還有α一起去了趟附近的書報亭，還沒有進貨。我沒抱任何期待，反倒是她們兩個看起來比我更迫切地想知道結果。

二月二十五日　週六

補習班附近的書報亭進了那本雜誌，翻開來簡單確認了一下，入圍名單上果然沒有我的名字。沒錢買，把雜誌放了回去。α和國文小老師應該也看到了吧，如果我有手機的話，說不定已經收到了她們的聯絡。就先這樣吧，週一去學校時先裝作什麼都不知道，等著她們一臉遺憾地跑來告訴我這個結果。

二月二十七日　週一

果然，一大早國文小老師就拿著那本雜誌過來找我了，α也說了幾句鼓勵我的話。本就沒期待能入圍，自然也不覺得沮喪。可是，利用上課時間讀了幾篇刊登出來的「優秀入圍作品」之後，又不免難過了起來。我並不覺得那些文章比我寫得差，也不想承認她們寫得更好，因為根本就不是同一個類型，我從一開始就弄錯了方向。原來如此，原來評委期待看到的是這樣的來稿。附在一篇文章末尾的評語裡，出現了這樣的字眼──「真實的青春」。看到這行字我簡直要吐了，我忽然明白，這是一場我註定會輸掉的比賽，卻不是輸在文字上面，而是輸給了「她們的人生」。那篇文章裡提到的事情，獨自旅行、交男友、去看演唱會，哪怕是深夜打電話給朋友哭訴，都是我絕不可能在這個年紀體驗到的。如果評委們認定這就是「青春」，我就絕無可能比這些親歷過的同齡人寫得更「真實」。我那些向壁虛構的情節、飄忽不定的背景、故作優雅的行文，都從一開始就找錯了方向。最近真是什麼都不想寫了，週記就交幾段摘抄應付過去吧。日記似乎也不必寫了，反正說到底也沒有什麼可記的事情，就這樣吧。

三月三十日　週四

有一個多月沒再寫日記了。回想起來，這一個月裡也沒什麼值得記上一筆的事情。我後來也想通了，會花錢買那本雜誌的肯定不是我這種人。雜誌的編輯與讀者之間自然有他們的默契與常識，我的生活也好，文章也好，都不可能引起他們的共鳴，因而註定會是這個結果。我的讀者有α一個人就夠了。今天她又問我有沒有什麼新的構思，再寫些什麼給她看吧……話雖如此，我卻一點思路也沒有。

三月三十一日　週五

昨天α問起了借給我的那三本書。我把那本《尼各馬可倫理學》帶到學校，卻忘記拿給她了。到頭來只看了有關「友愛」的部分，說不定是亞里斯多德顯靈了，讓我又把書揹回家，想以這種方式強迫我讀完……算了，就算他托夢給我，我也不想再看下去了。

四月一日　週六

我無法原諒那個老女人——有這種念頭已經不是一次兩次了——但這次真的絕對無法原諒！太過分了！她撕了我的作業，撕了我的週記本，還動手打了我，這些都無所謂，唯獨撕了α的書這件事，我絕不能原諒她。

是我太不小心了，但她未免做得太絕。我去補習班時只拿了一個布袋，那個老女人就趁我不在翻了我的書包。如果我揹著書包去補習班，或是昨晚把那本書拿出來藏好，就不會發生這種事了。真是追悔莫及！從補習班回到家，一進門就被那個老女人拉回房間。書包連同裡面的東西，還有原本擺在書桌上的文件夾全都散落在地，只有那本《尼各馬可倫理學》封面朝上，擺在桌上。她逼問我這是哪裡來的書，我說是同學借我的，她不信，堅稱是我從哪裡買來的舊書。藏在衣櫃裡的存貨確實都是舊書，之前偷看的時候也被她抓到過，也難怪她會這麼以為。我本想騙她說這是老師要求我們看的，話還沒說出口，她就抄起那本書拍在了我的後腦上，一連拍了三下。下手一如既往地重，要是我能當場吐出一口血來，說不定就能保住那本書了。可惜沒有，我太不中用了，只被拍了三下就哭了起來，一哭就什麼話也說不出來了，沒能再解釋幾句，後來那本書就被她撕成了碎片。

那可是α外公的遺物啊，我該怎麼向她交代呢？她會原諒我嗎？本以為自己已經摸清了α的心思，可是真的遇上這種事，卻還是不安得無以復加。

四月三日　週一

沒能鼓起勇氣告訴α。午休時她來找我，問要不要一起去圖書室，我推託說借來的書還沒看完，就不過去了。如果當時她隨口問了一句從她那裡借來的書看完了嗎，我又該如何應對呢？想想真是後怕。好在她沒提起這檔事，我也明白這樣拖下去根本不是辦法，這個時候只能相信α會原諒我了。

四月四日　週二

至少再買一本新的還給α吧。雖說被撕掉的那本是她外公的遺物，但我總不能空手去向她解釋吧，至少要表現出誠意來。可是買書的錢又要從哪裡來呢？那個老女人還沒完全消氣，騙她說自行車壞了也會被立刻拆穿吧……

四月五日　週三

放學時順路去一家舊書店變賣了所有存貨。幾乎都是從那裡買來的書，又加上了後來拿到的幾本除籍本。店主開價很低，十元買來的書，他只出一元買。但我別無選擇了，到最後只賣了十九元，還有一本α送我的《天平之甍》，幾乎是新品，對方願意出五元來買，但我實在捨不得它就揹回家了。把存貨都賣掉之後，我才發現自己犯了個致命的錯誤——我根本不知道一本全新的《尼各馬可倫理學》的定價。我買的那些舊書，原價大多只要兩三元，可是寒假和α去書店看到的新書卻很少有三十元以下的，說不定就算賣掉這本《天平之甍》也湊不出所需的金額。也只能聽天由命了，希望那本書碰巧多年沒再版，又碰巧還能買到，所以仍是幾年前的價格，否則就只能另想辦法了。

四月六日　週四

午休時去了之前跟α一起去過的書店，找了很久才在角落裡發現放那套叢書的架子，也找到了那本書——直到這時一切都還算順利。可是，我從架上抽出那本書，看了一眼定價，一切都變了，我的種種僥倖心理全都落空了——三十二元！即便變賣掉那本《天平之甍》也於事無補。我到底該怎麼辦……要去向國文小老師借錢嗎？她肯定輕易就能拿出幾十元（回想起來，上次她請我喝的那杯飲料的價錢就夠買一本書了）。可是我要怎麼和她解釋呢？告訴她我家長從來不給我零用錢，還撕了α借給我的書？這我怎麼講得出口。向α坦白就罷了，去過國文小老師的房間之後，不難想像她家長有多寵她，而我卻不得不向她訴說自家那些不堪的事情，來博取她的同情？這叫我如何講得出口？真是受夠了……

回過神時，我已經站在店門外，手裡抱著那本還沒付錢的《尼各馬可倫理學》。我本以為會有店員追出來，就站在原地等了一會兒卻沒等到。誰也沒有從書店裡走出來，現在放回去還來得及——雖然心裡這麼想著，兩腳卻擅自邁開腳步朝學校走去了。回到班上，午休已經快結束了。我坐下，往椅背上一靠，才發現後背已經被汗水浸透了。整個下午，大腦都是一片空白，直到騎車回家時才後怕了起來——如果那家書店裡裝了攝影機，我的罪行遲早會暴露。可是，和求得α的原諒相比，這恐懼又顯得微不足道。

四月七日　週五

這不是真的！α怎麼會是這樣的人？是我之前看錯了她，還是說那不過是她一時腦袋發熱說出來的話？可是，即便是氣話，即便錯都在我，她也不該那樣對我，至少我熟悉的α不會說那種話……但我熟悉的那個α真的存在嗎？

午休時把那三本書還給她的時候，她還是我熟悉的α。緊接著，她察覺到了《尼各馬可倫理學》的異樣，我連忙講了事情的原委給她聽，還一股勁地道歉。當時我心裡是真的很愧疚，她沉默了一會兒，把書都放回書桌裡，又把我帶出教室。她一路上什麼都沒說，我喊她的名字，她也沒有把頭扭向我這邊。我知道她是在生我的氣，多少有了一些被責備的心理準備，但怎麼樣也想不到事情會發展到這般地步……

她把我帶到了後院。她沒有當場發火，一定是不想讓班上的人看到。我還像在教室裡一樣請求她的諒解，以為很快就能聽到那句「沒關係」了。在我的印象裡，向別人道歉之後，不管對方是否真的原諒了妳，總會習慣性地說上這麼一句。唯一的例外是那個老女人，她只會讓我趕快閉嘴，然後一巴掌搧過來。然而，α今天是這麼對我說的：

「妳打算怎麼賠償我？那可是我最喜歡的外公的遺物，買本新的就想打發我了嗎？」

我當時只覺得是真的惹她生氣了，並不覺得這才是她的真面目。我懇求她原諒我，說願意做任何事補償她，而她給出的補償方案卻超出了我力所能及的範圍——用錢。

她說她外公生前是大學教授，那些批註可不是隨手寫上去的，都凝聚著他畢生所學。還說之前有出版社勸她父母把這些批註都整理出來，這裡面的損失可不是買本新書就能一筆勾銷的。說了一大堆，結論是讓我「先拿」一千元給她。我說拿不出這麼多錢，她就忽然岔開了話題，問我買這本新書的錢是從哪裡來的。

「我早就發現了，妳家長根本不給妳零用錢，所以妳週六都不肯跟我一起吃飯，去書店的時候妳也什麼都沒買，一直光顧能免費借書的圖書室也是因為這個緣故吧？那麼，買這本新書的錢是從哪裡來的呢？妳該不會偷偷拿了家裡的錢吧？」

我無法告訴她那是從書店裡偷來的書，就什麼也沒說。

「既然能偷錢買一本書，那偷個五百、一千塊應該也難不倒妳吧？我不會一次性要那麼多的。」

聽到這裡，我應該已經哭了起來。不惜一死也要換得 α 的原諒——原本連這樣的覺悟都做好了，沒想到她根本就沒把那本書當一回事——更沒把我當一回事。我從不是她的朋友，我無法想像她是以怎樣的心態在與我相處，更不敢去揣測。

「妳偷偷參加徵文的事情，妳家長還不知道吧？我知道妳家的電話號碼，要不要打個電話知會他們一聲呢？我那裡還留有證據，妳的手稿和報名表都還在我家。妳這是什麼表情？需要這麼吃驚嗎？報名表當然還在。那種爛文章，我怎麼好意思幫妳寄出去呢？這叫替妳藏拙，妳還不趕快感謝我？」

原來她早就背叛了我，只是我一直被蒙在鼓裡，把她當成獨一無二的 α。

「妳上課看閒書這件事，我也還沒跟班導師說過呢。她如果看到了妳的借閱記錄，一定會嚇一跳的。然後妳家長也會知道了吧？我相信妳家長一定會理解妳的，他們那麼疼愛妳，絕不會因為這種事情責備妳……等一下，這麼說來，他們為什麼要撕了我那本書呢？」說到這裡她笑了，「林遠江，妳是我最好的朋友，為了得到朋友的原諒，稍微付出一點辛苦，冒一點險，又算得了什麼呢？下週一應該能先湊出五百元吧？我有一套特別想買的書，再不下手可能就要被別人買走了。」她拍了拍我的肩膀，「別哭了，妳一哭我也想哭了。我又想起我外公了，外公活著的時候最疼我了……」

她模仿著我哭泣的樣子，卻止不住笑意。

「葉荻……」我不想再哭下去了，卻止不住淚水，那就至少先打破沉默吧。「妳這麼做很開心嗎？」

「當然，」她的語調裡沒有絲毫的遲疑，「能結束跟妳的友情遊戲真是再開心不過了。我已經受夠妳了，我從一開始就沒把妳當朋友，只是覺得妳孤零零一個人怪可憐的，才跟妳搭話的。我也以為只要多相處就會發現妳身上隱藏著什麼優點，也能慢慢喜歡上妳，但是很遺憾，越跟妳接觸，我就越討厭妳。本想再撐一段時間的，沒想到妳竟然毀了我外公的遺物，我已經不想再忍受下去了。我再寬限妳幾天好了，看妳也滿不容易的，下週五之前必須把錢湊出來，否則我就要採取行動了。」

說完，她就往教學大樓走去。我看著她的背影消失在門裡，那根緊繃著的弦終於斷掉了，一下子跌坐在地上。我哭號著，用拳頭反覆捶擊地面，後來用光了力氣，嗓子也啞了，又默默地哭了一會兒，直到預備鈴響了才站起來，拍了拍身上的土，去洗手間洗了把臉。回到教室之後，我往α那邊瞥了一眼，只見她若無其事地在跟坐她後面的女生聊天。我覺得剛剛發生的一切都是場噩夢，可是那破了皮的掌根和不停往外流的鼻水卻在告訴我，一切都是真的。

不，或許我的人生從一開始就是場噩夢，是時候該醒過來了。

第三章

為他人能獲得幸福而祈禱

1

這是怎麼回事？

讀完四月七日的日記，全身的力氣都被抽光了。我原本打算翻回前一頁重新讀一遍——畢竟寫在最後一天的一切都與我的記憶相齟齬，不，不如說是全然不與事實相符——我卻一時間連翻頁這個簡單的動作都做不到。

四月七日，週五，也就是六天之前⋯⋯

我努力回想著那天發生過什麼。雖說只是上週的事，印象卻很模糊，只記得午休時去找過遠江，她說不想去圖書室，我就一個人去自習了。放學後正準備回家，她叫住了我，問我週六能不能碰面，她想把寒假時從我這裡借的書還給我，我答應了。那天只和她說過這麼幾句話，反倒是週六下午，她把書還給我之後，我們在雨裡聊了一路，當時在遠江身上還看不出任何試圖輕生的跡象。

可是，在我面前攤開的這個日記本上，白紙黑字地寫著我勒索她的事情⋯⋯

她在週六才把書還給我，這裡寫的卻是週五中午。唯一與事實相符的，就只有那本《尼各馬可倫理學》真的變成了新的⋯⋯

但除了最後一天的日記之外，前面的種種記錄又都與我的記憶吻合。雖說能回想起來的事情少之又少，卻沒有一件與日記裡所寫的相衝突，以致我讀的時候，一再忍不住苦笑出來，乃至於為了那不甚久遠的記憶落淚。

之前在市立圖書館碰到她的時候，我正好把有關合唱的書還了回去，被她喊了一聲名字，心裡一驚，差點叫出聲來。我當時並不希望班上的人知道我借了這方面的書，我會對合唱比賽這麼熱心，連自己都覺得有些奇怪，所以才會特地去市立圖書館借，就是看中那裡很少有同學光顧。不過，回過頭發現是遠江的時候，多少還是鬆了口氣，至少她不會和誰議論我——結果還是在日記裡議論了。

看到她借走那本《尼各馬可倫理學》只是想看看裡面關於友情的部分時，我停下來哭了幾分鐘。而和我借作業去抄這件事，對我而言不過是個微不足道的小插曲，在她看來卻有那麼重大的意義，這也完全出乎我的意料。

徵文的事情曾對她造成那麼大的打擊，也是我未曾覺察到的。回想起來，那段時間我總是在勸她寫篇新作，那一定是她最不願聽人提起的話題吧。

讀到臨近結尾的部分，憤怒一度占據了我的心——「是她母親逼死了遠江」，這個聲音一再迴盪在我耳邊。可是讀完全文，我的種種悲傷、懷念和憤怒都被一掃而空了，只剩下驚愕與茫然。

我該怎麼向遠江的母親解釋呢？

「我沒有勒索過遠江，是妳自己逼死了她」——就算我這麼說，她也不可能接受吧？

只能先逃走了……事後再慢慢澄清這個誤會吧，至少等大家都冷靜下來。

如果被她母親逼問，現在的我是根本無法回答的。我嘗試去思考，但是頭腦根本無法運轉，空白的腦海裡一個字也浮現不出來。而且，我隱隱感到了危險，誰也無法預測一個情緒失控的母親會做出什麼事情來。

我試圖起身，卻被劇烈的眩暈感擊倒了，重新坐回椅子上，深吸了幾口氣也沒緩過來。這一次，我用兩手撐著桌子，總算站了起來，踉蹌著走到了門口。

一手撐著門框，我拉動門把，門卻只是稍稍晃動了幾下，伴隨著細小的磕碰聲，一種不祥的預感像嘔吐物一樣湧到了我的喉頭。我觀察著那扇門，這一面只有個新月形的門把，既沒有插銷也沒有鎖孔。

原來如此，遠江沒有辦法把她母親擋在門外，她母親卻隨時都可以把她鎖在裡面。

就像現在鎖住我一樣。

我喊了幾聲「阿姨，妳誤會了，先把門打開」一類的話，但沒有任何回音，看來她還沒有回來，也不知道還會不會回來……

然後，我近乎無意識地把臉湊到門縫處，想試試能不能看到哪裡被鎖住了。就在這時，我忽然嗅到一股食物腐爛的臭味正從門外滲進來。

——是瓦斯味。

我總算明白了，她母親已經打定主意了，要置我於死地。

危險和恐懼讓我一瞬間清醒了許多，雖然眩暈感仍揮之不去，眼前的那扇門都開始扭曲了。

我趕忙奔向窗邊，打開窗戶，將頭探到外面，大口呼吸著未被汙染的空氣，可是那種噁心的感覺仍盤踞在胸口。這次可能不是身體的原因，而是因為我順勢往下看了一眼，然後想起來了，遠江就是從這扇窗戶跳下去的。

這就是她母親的目的吧，想讓我也在絕望中從她女兒自殺的地方跳下去……

這個高度應該沒有生還的希望，就算碰巧掉到停在樓下的汽車上，恐怕也難逃一死。如果我就這樣跳下去，她回來之後只要關上瓦斯再打開門，就會變成是我讀了日記後畏罪自殺了。

我曾讀過不少以死明志的古代故事，就連不入流的青春小說也不乏用自殺來證明自身清白的橋段。然而，擺在我面前的現實卻是我若死在這裡，不僅不能清洗汙名，反而足以證明是我害死了遠江。

不管是誰，都會把我從相同的位置跳樓視作一種報應。

我再次回到門邊，兩手握住門把，一次次拚盡全力拽動那扇門。

起初還屏著呼吸，到後來也顧不得那麼多了。手指、手腕、肘部和肩膀都痛得像要斷掉一般，用來固定門把的螺絲也有些鬆動了。我盯著那四顆螺絲，很擔心門把會先被我弄斷，可是我已經別無辦法了，只好把眼睛也閉上了。

最後，我終於忍不住大聲喊了出來。

可能是我喊得太大聲了，外側的插銷應聲斷掉時我都沒有發覺，直到一屁股跌坐在地才發現門已經開了。

我趕忙跑出房間，憋了一口氣，衝進就在左手邊的廚房，關掉灶臺上的兩個瓦斯閥門。回到遠江的房間抄起書包之後，忽然想起遠江曾在日記裡提到，她家的防盜門如果從外面上鎖，要從裡面打開就必須用到鑰匙……

我衝到防盜門邊，試著按下或轉動上面的每一個按鈕，還是沒能打開那扇門。

結果，我只能在這裡等遠江的母親回來了嗎？為了向我「復仇」，她不惜打開瓦斯閥門，回來之後也絕不會輕易放過我吧？如果能在屋裡找到防盜門鑰匙……

遠江的房間裡恐怕沒有，我直接跑進了主臥室。雖說是主臥室，也沒有比遠江的房間大上多少，而且陳設更煞風景。有一張雙人床，半張床都被冬天用的厚被子占去了。床頭有個小櫃子，上面放著電話。南牆上開了一個通往陽臺的小門，一張飯桌和兩把椅子靠牆放著。一個白色大衣櫃立在西側，旁邊是一台小得可憐的電視，放在一個黑色的電視櫃上。

我翻遍了衣櫃、床頭櫃和電視櫃的每一個抽屜，都沒能找到任何類似鑰匙的東西。

絕望之餘，我又去遠江的房間碰了碰運氣，倒是在書桌的抽屜裡找到了兩把串在一起的鑰匙，但一看便知道它們只能打開掛在她自行車上的兩把鎖。即便如此，我還是拿它們去門邊試了一下，如我所料，根本插不進去。

是不是只能報警了……

我回到主臥室，拿起擺在床頭櫃上的電話話筒，忽然一眼瞥到了那扇通往陽臺的門。

站在陽臺上，我又朝下看了一眼，這次倒沒有什麼生理上的不適，可能是因為陽光充足，甚至有些刺眼的緣故，但更重要的是，遠江畢竟不是從這裡跳下去的。

樓下是一片草坪。

在我的右側就是鄰居家的陽臺，和遠江家只隔了不到三十公分的距離。兩家的陽臺上都沒有安裝防盜護欄，或許鄰里關係還不錯。

隔著電話向警方解釋也未必能讓他們相信。眼前的狀況，就連置身於其中的我自己都覺得太過離奇了，簡直像場噩夢，警方真的會相信我的話、過來開鎖嗎？與其這樣，倒不如直接向遠江家的鄰居說明情況，更何況這個時間，鄰居家很可能沒有人……

我決定從陽臺爬到隔壁家去。雖然也有掉下去的風險，但事到如今，這是擺在我面前唯一的出路了。

書包很礙事，我先把它扔到隔壁家的陽臺上，然後拿了一把放在餐桌邊的椅子過來，踩著它、手扶著晾衣繩，站到圍住陽臺的矮牆上。深吸了一口氣之後，我鬆開手，一腳跨到了隔著二三十公分遠的另一面矮牆上。我不敢往下看，只是猛地蹬了一下左腳，整個人都向前撲，直接摔在鄰居家的陽臺上。

陽臺上積了厚厚的一層灰，我一落地便紛紛飛起，恐怕有不少都落在了我身上。有一陣劇痛從最先著地的右手肘傳來。我用左手撐起身體，坐起來又抬起右臂——還能活動，雖然痛得要死，但應該只是摔破了皮。我起身撿起書包，又撣了撣身上的土，順勢隔著玻璃朝房間裡看了一眼，只見屋子空蕩蕩的，一件傢俱都沒有，看來現在並沒有人住。

這樣也好，連解釋的功夫都省了。

在我心裡那根緊繃著的弦總算鬆開了。我抬起頭，看了一眼掛在正南方的太陽，巨大的無力感再次吞沒了我。

這一切還是遠遠沒結束，不如說才剛剛開始。誤會根本沒有澄清，究竟該如何澄清，我也絲毫沒有頭緒。遠江為什麼要留下這一個彌天大謊，我也全然無法理解……

這幾天差點把我壓垮的那個念頭，如今已經變得像整個世界一般沉重了——我真的一點也不了解遠江。讀了日記，我以為能稍稍走進她的內心世界，也自以為已經知道了她對我的看法，到頭來卻根本不是那麼一回事。

也許她一直恨著我，也許我一直在傷害她卻不自知。

可是，如果真的是那樣，我真的被她憎恨著，日記裡的其他地方也應該有所流露才對……

算了，事到如今，就算能弄清遠江的想法，恐怕也不能還我清白了。她對我的誣陷（這應該稱得上誣陷了吧）並沒有任何證據，但在遠江的母親看來，她的死就是不動如山的鐵證了。

或許能找到誰來證明我上週五中午並沒有跟遠江在一起。我當時的確沒跟她在一起，而是在報刊閱覽室自習。可是，在那裡自習並不需要登記，那天也沒碰到什麼班上的同學，真的有人能證明我的清白嗎？而在週六，我和遠江還見了一面，仍像往常一樣談笑，這也能說明我們週五並未有過衝突，但是誰又會記得兩個女生曾共撐一把傘，走在雨裡呢？

而且，就算真的找到了什麼「證人」，遠江的母親會相信我嗎？當天平的一端放的是女兒的死，就算我在另一端放上陌生人的幾句「證詞」，又能改變什麼呢？

回想起來，從小到大每次遭受到什麼委屈，我都只知道哭，從沒成功地為自己辯解過，這次大概也不例外。

我離開了陽臺，那裡對此時此刻的我來說太危險了，也太耀眼。穿過空屋和陰暗的走廊，我來到這戶人家的門前。幸好，門上是最傳統的撞鎖，從裡面就能打開。

走下樓梯時，雖然很不情願，我還是一手扶住了滿是汙垢和小廣告的扶手。我的膝蓋在顫抖——全身都在顫抖。我只是把自己的身體委託給了重力和慣性，把腳滑到臺階邊緣，然後指望著它能平穩地落在下一階臺階上。有時能做到，有時卻打了滑，但這也無妨，不過是讓我一次多下了一兩階臺階而已。

腳踝碰到臺階邊緣時的疼痛已經無所謂了，我只想趕快離開這個充滿霉味的樓道，更不想在這裡遇見遠江的母親。

終於，只剩下從一樓到社區門口的五階臺階了。

「葉荻同學……」

一個低沉的女聲在我耳邊響起，然後我的心跳聲遮住了來自外界的所有聲響。

直到跑出社區大門，我才鼓起勇氣回過頭去看了一眼。有個人影站在通往地下室的門前，在昏暗的光線裡，只能辨認出大致的輪廓。

但毫無疑問，站在那裡的是遠江的母親。

她並沒有朝我走過來，一直都站在陰影裡。如果沒有剛剛那番經歷，我或許會向她解釋些什麼，但我現在只想趕快逃走——趁還沒有摔倒或是癱坐在地，能跑多遠就跑多遠。

可是，我一時間卻無法把視線從她身上移開，只是往後退了幾步。

看樣子，遠江的母親並不打算追過來。她仍站在陰影裡，低聲說著些什麼，我只斷斷續續地聽到了幾個詞——

「放過妳……這雙手……」

我又往後退了一步，那低沉得彷彿不帶任何感情的聲音仍不斷從陰影裡傳來。

「我女兒……」

2

那天回家之後我就發燒了，週五也沒有去上學。媽媽只覺得我是悲傷過度病倒了，我也沒有把在遠江家的遭遇告訴媽媽。遠江的母親沒有選擇向學校揭發我，或是向我父母索要賠償這一類更像「大人」的處理方式，看來是真的想置我於死地。

在床上輾轉的這幾天，我時時會想起她站在陰影裡向我發出的警告。雖然只聽見了幾個詞，倒也不難想像她要說的話。真是諷刺，如今，這個逼死了親生女兒的罪魁禍首正把我當作「復仇」對象，向我「復仇」也儼然成了她活在世上僅存的目標。

思來想去，我只能和薦瑤商量這件事。遠江在日記裡陷害我這件事已經夠荒謬了，說給旁人聽，恐怕誰也不會相信。即便有誰接受了這件事，又不免像遠江的母親一樣，以為真的是我逼死了遠江。既有可能相信日記這齣鬧劇，同時又信任著我的人，大概只有薦瑤了。

可是真的到了學校，遠遠看到坐在座位上的薦瑤時，我又遲疑起來。結果，我還是無法確信她能無條件地相信我告訴她的一切。這麼荒誕的故事，若不是真的發生在自己身上，任誰都不會相信吧。

午休時間，我一如既往地和松荑一起吃飯，卻因為揣著太多心事而沒什麼胃口，也一句話都不想說。松荑雖然什麼都不知道，卻也很有默契地配合著我的沉默。午休時放動畫的慣例還沒有恢復，但大家都已經像往常一樣說笑了起來。

遠江用過的那套如墓碑一般的桌椅也不知被搬去了哪裡。遠江坐過的位置，如今只剩下一塊被認真擦拭過的地板磚，乾淨得有些不自然。

就在我準備打消找薦瑤商量的念頭時，她忽然來到了我這邊，叫我吃完飯後去天臺找她。她手裡握著最新款的手機，保護殼和掛鏈都是我不認識的動漫角色。薦瑤沒有提到找我的理由，但她看起來也心事重重，表情的陰沉程度恐怕不亞於抬頭看著她的我。

我本想說已經吃完了，和她一起過去，她卻不等我開口就快步走出了教室。

莫非遠江的母親跟她說了什麼……

我沒讓她等超過五分鐘的時間。

今天也是大晴天，刺眼的陽光對每個心情煩悶、焦躁的人來說都像是一種諷刺。的確，天空不可能為一個人的死一直陰沉下去，我既然害怕見到這明媚的春日，就應該一直躲在拉著窗簾的教室裡才對……

薦瑤站在欄杆邊，面朝著操場。我一走近，她回過頭來，把自己的手機塞給了我。

「妳看一下這個。」

我接過手機，看到是個網路頁面。我不用社群軟體，薦瑤倒是在好幾個平臺上都很出名。她讓我看的是北京一家媒體帳號今天早上發的一條長文，已經被轉發了上千次。我看了一眼標題，是行加了引號的字——「我女兒遭到同學勒索，跳樓自殺了」。

我沒有點開來看內容的勇氣，就抬起頭來看了薦瑤一眼，只見她低頭看著地面。

「日期也好，城市也好，還有死者的年紀，都跟遠江的事情吻合……這到底是怎麼回事？」

「遠江在日記裡陷害了我。」我說。這句話已經在我腦海裡演練過無數遍，所以說起來一點結巴都沒有，我本來打算找薦瑤商量時就用這句話開頭。

「這樣啊。」她從我手裡接過手機，看了一眼螢幕，又補了一句，「妳沒點開來看啊。」

「葬禮之後，我跟她母親去了她家，看了她的日記。」我想儘量說得平靜一些，聲音卻像是為了回應劇烈的心跳，顫抖了起來。「她母親差點殺了我……」

「遠江為什麼要撒這樣的謊呢？」

「我不知道，但我真的什麼都沒做。」

「我相信妳。因為我了解妳，妳不可能對她做出那種事。」說到這裡她明顯地遲疑了起來。「但是我也了解遠江——至少自以為了解她，她也不是會陷害朋友的那種人啊！」

「我也以為自己很了解她，一兩週前，還以為自己是全世界最了解她的人。但遠江一死，事情全變了。我根本不了解她，她為什麼要自殺、為什麼要說謊……我一點也不明白。說到底，我根本就不了解她。」

「這篇報導會登在今天的報紙上，網路上也一直有人轉發，很快學校裡的人就會看到了。」之前我也想過她母親會不會把事情鬧大，只是沒想到會這麼快。

「裡面寫了我的名字嗎？」

「用了化名。但是遠江只有我們兩個朋友啊，會借書給她的只可能是妳了。只要班上的同學看了報導，都會認定是妳做的。」

「到時候我會向他們解釋清楚的。放心好了，薦瑤，這件事不會連累到妳的。」

「我只是在擔心妳。我相信妳是清白的，但是那些既不了解妳也不了解遠江的同學會相信誰呢？遠江她……都用一死來證明了，他們肯定會相信她的。」

「妳願意相信我就好了。」

「但是我什麼也幫不了妳……」

「不用幫我，我甚至不屬於妳們那個小圈子，我跟妳只是碰巧坐同一趟公車上下學。」

「葉荻，」我從未聽她叫過我的全名，這還是第一次。「妳為什麼這麼冷靜呢？妳這麼冷靜，大家都會誤會妳的，會以為妳真的做了那些過分的事情，而且一點悔改的意思都沒有……」

「妳也開始懷疑我了？」我苦笑著問她。

「我沒有……我只是……」

她盯著自己的腳尖說道。真是個不擅長對朋友說謊的人，不過這樣也好，如果每個人都有說謊的天分，都能隨隨便便就編造出一個個逼真的謊言了，即便那些謊言不是用來傷害誰的，也足以讓我失去活下去的勇氣了。

我直到這個時候才發現，至今為止我撒過的謊也好，別人對我撒過的謊也好，大抵都是帶著善意的，頂多是為了保護自己不受傷害。是啊，翻開日記本的最後幾頁之前，我都未曾如此真切地感受過來自他人的惡意，所以得知她母親向媒體公開了那件事，我也能在薦瑤面前表現得這麼冷靜。畢竟，和初次體會到惡意的衝擊相比，後來的種種遭遇哪怕會讓我陷入失去生命和名譽的險境，也顯得微不足道了起來。

那天之所以會發燒，也是因為惡意，而非危險吧。恐怕，我再也不可能像以往那樣無條件地信賴他人了。我很難將這種改變視為一種「成長」，反而更覺得像被某種東西玷汙了。

就這樣，我從遠江那裡學到了猜疑，從她母親那裡學到了恐懼，而這一切都是我根本不想領教的東西。如果能在發生這一切之前死掉就好了，現在已經來不及了。

「這只是我的建議，」薦瑤說，「小荻，妳最近還是不要來學校為妙，先等風頭過去……老師和家長一定會理解妳的。」

「那樣才更會被懷疑吧？如果我不來學校，大家都會認定是我害死了遠江，不是嗎？」

「我怕有人會傷害妳……」

「遠江的母親差點殺我了，這不是玩笑，也不是比喻的說法。她把我鎖在遠江的房間裡，還開了瓦斯，我從陽臺爬到隔壁家才逃了出來——是不是聽起來很像我編的故事？都是真的，遠比她在日記裡寫的那些事情更真實……」說到這裡，我捲起上衣袖子，向她展示結著痂的右臂。她只看了一眼就迅速移開了視線。「這是爬陽臺的時候摔的。這種事都經歷過了，我怎麼可能怕幾個班上的同學呢？沒關係的，薦瑤，我不會讓妳為難的。如果有人來找我麻煩，不要管我。反正，我們只是碰巧搭同一路公車上下學罷了，甚至連朋友都算不上。」

說完，我就轉過身，朝天臺門口走去。

她沒有拉住我，也沒有跟上來，更沒有開口叫我的名字，只依稀能聽到有啜泣聲從我身後傳來。

放學後我去了一趟圖書室。我沒有打算和姚老師商量，卻又不知為什麼，我很在意她是否已經聽到了什麼風聲。我在教室裡等了一會兒，估摸著圖書室那邊已經沒什麼人了才過去。

她正好剛把幾本精裝書遞給最後一位借閱者。見到我進門，她抬起櫃檯一側的木板。

「有什麼事情進來坐下慢慢聊吧，今天應該不會有人來了。」

我搖了搖頭。如果現在跟她過去，我肯定會把憋在心裡的所有事情都告訴姚老師的……

「您會相信我說的話嗎？」

「我如果說會相信，那就是在騙妳。」姚老師笑著說，「我跟妳又不熟，怎麼可能無條件地相信妳呢？」

「如果是林遠江的話呢？」

「我跟她也沒那麼熟啊。怎麼，發現她的遺書了嗎？」

「沒有，但是她留下了日記。」

「這樣啊，妳已經看過了？」

我點了點頭，最後一次把頭低下去，就沒也再抬起來。

「我大概能想像是怎麼回事了。」她把腰部抵在櫃檯的邊緣處，說道，「妳們是好朋友吧？是不是偶爾也會吵架呢？她肯定寫了不少妳的壞話吧。別太在意，日記就是這種東西，什麼衝動的話都會寫進去的。大學的時候，我跟一個朋友經常吵嘴，我也在日記裡寫了很多對她的牢騷話，甚至咒罵過她。她如果也會寫日記，應該也寫了不少跟我有關的氣話，真的不必太在意。」

看來姚老師還毫不知情，但我至少確認了一件事——她不會輕信別人，即便她看到了那則報導，也不會無條件地相信遠江對我的陷害。

這樣就可以了，就算那件事鬧到世人皆知，在學校裡至少有一個不把我當殺人凶手的人——哪怕她也並非真的相信我是清白的。

「謝謝姚老師。」雖然妳的說教一句都沒有說到點上，但還是要感謝妳。「我最近可能還會來找您的。」

「好啊，我這裡隨時歡迎。不過，妳這麼說可是會讓我擔心的，妳真的沒有碰到什麼麻煩嗎？」

「沒有。」真正麻煩的事情可能從現在才開始。

恐怕，不管我做足怎樣的心理準備，到那個時候仍會感到措手不及，就像將日記本翻到最後的時候一樣。

離開圖書室之後，我去了一趟後院。

我從沒跟遠江一起來過這邊，她卻將這裡選作我「勒索」她的舞臺。

正對著教學大樓後門的地方種著幾株薔薇科植物，可能是上上週末的那場雨把所有花瓣都打落了，現在只剩下一些寂寞的空枝。

她為什麼要選在這裡呢？只是因為這裡僻靜、罕有人至的緣故嗎？可是，那是暴雨來臨前的週五，當時枝頭還掛滿了花瓣，午休時這邊不可能一個人也沒有才對……

當然，就算有人週五中午來過這裡，也不能證明什麼。畢竟誰也不會把整個午休都浪費在這裡，誰也無法證明我沒有在他（她）去了別處之後「威脅」了遠江。更何況過了這麼久，誰又會準確記得自己在上上週五的午休時去了哪裡，看到了什麼呢？我恐怕是真的無法證明自己的清白了……

就在這時，從操場那邊傳來了放學的音樂聲，那是首令人昏昏欲睡的薩克斯曲。

我穿過教學大樓的走廊，準備回家，卻見到班導師朱老師走在更前面，像是也正要回去。我沒追過去，反倒把腳步放得更輕更慢，等她走出校門、朝相反的方向走去之後才再次加快腳步。

回到家時媽媽已經在家了。她靠在沙發上，衣服還沒換，手提包也丟在一邊，看樣子沒比我早回來多久。見我進門，她叫我坐到旁邊，問了我一句：「妳在學校沒被人欺負吧？」

媽媽在報社工作，消息本就比其他人靈通一些，她肯定已經看到了那條報導。可是，她卻沒有問我是不是欺負了別人，反而問我有沒有被欺負……

「沒有啊，怎麼忽然問起這個了？」

「妳們班上前幾天去世的那個女生，好像被人欺負了。北京有一家媒體做了報導，我們這邊可能也要跟進。妳不是跟她關係還不錯嗎？沒有跟她一起被欺負吧？如果有有什麼事情一定要跟我說啊。」

「遠江沒有被誰欺負。」

「我看報導說她留下了日記……」

「日記也有可能是騙人的。」

「那個女生很愛說謊嗎？」

「她偶爾會騙家長說自行車壞了，要點小錢。這算愛說謊嗎？其他事情我不太清楚，但她真的沒被人欺負，這件事真的是她在騙人。」

「她為什麼要騙人呢？人都死了……」

是啊，她為什麼要騙人呢？連我都理解不了，「大人」們又怎麼可能相信呢？媽媽應該也只是隨口一問，根本就沒打算深究。反正，「大人」們都不必為理解我們付出任何努力，只要說一句「我已經工作了好幾年，理解不了妳們這些小女生的心思」就彷彿有了豁免權。

可是……想到這裡我不由得苦笑了起來。

可是「大人」們是對的，就算去揣測其中的緣由也只是白費功夫。我有種預感，就算到了媽媽的年紀，就算把我的餘生都用來推測遠江的想法，也不會得出什麼「正確答案」。

也許若干年後（如果我真的能活到那個時候），我也會為遠江的死亡與惡意都貼上「年少無知」的標籤。

「我明天會去妳學校一趟。」

「媽媽，這件事能不能交給同事去跑報導呢？您最好不要參與進去。」

「怎麼了，忽然這麼嚴肅？我認識妳班導師，我去的話會方便一些，會給妳添麻煩嗎？」

我點了點頭。

「那我讓實習生去吧，反正肯定什麼也問不出來，妳班導師肯定會說自己什麼都不知道。」

「她的確什麼都不知道。」

「看來我不如直接問妳。」媽媽顯然是想開個玩笑，我卻一點也笑不出來。

「遠江真的沒被人欺負。我不知道她為什麼會自殺，又為什麼會說謊，但是，日記裡的那些話是騙人的。」

「嗯，我相信妳。」
媽媽說，她一定是在騙人。
我回到房間之後，鎖上了門。

3

那篇報導花了三天的工夫才傳遍整班，到了週五，同學之間已經有了種種猜測。

報導中明確地說是弄丟了同學的書之後遭到勒索的，我本以為大家會立刻懷疑到我頭上，結果反倒懷疑薦瑤的人更多一些。這也難怪，薦瑤在班上比我更引人注目，恐怕班上有不少人根本不知道我和遠江是朋友。當然，指向薦瑤的流言可能都是秦虹那夥人散播的。也是從週五中午開始，她們用電教設備放起了流行歌曲。

薦瑤沒有否認班上同學對自己的種種猜測，她在午休時間躲到了校外，放學後也是立刻就離開了。

事情急轉直下是在之後的週一，嚴格來說是週日的深夜，遠江的母親在網路上公開了日記的掃描，最初公開的只有最後一天的日記，而就在那裡面，白紙黑字地寫出了我的名字。

這一次好像是秦虹那邊的人先看到的，一個上午，全班就都知道了。

那個午休，松荑拿著便當去了隔壁班，薦瑤和上週五一樣躲了出去。班上的音樂聲比週五時更吵鬧，也許是秦虹她們在以這種方式慶祝自己的勝利吧——薦瑤一度和我這個「罪人」走得那麼近，現在已經夾著尾巴逃走了，午飯時間再也不會有人和她們搶電教設備了。

這樣也好，音樂聲遮住了同學們對我的種種議論。不過，就算不把頭抬起來，我也知道全班的視線都集中在我身上，而且絕不是直視的目光，恐怕再也不會有人正眼看我了。

這都是預料之中的結果。

我的飯量一向很小，也不喜歡番茄，今天卻連同討厭的菜一起把一整盒便當都吃完了。洗筷子的時候有點想吐，還好忍住了。

不能讓她們覺得我在心虛，哪怕逞強，也不能示弱……

回到教室，發現秦虹那群人正湊在班長的座位旁。班長是個只是成績很好，其他方面都很不起眼的女生，正坐在椅子上，抬頭看著秦虹她們。遠遠看過去，她的臉上像是寫滿了不情願，緊接著，她起身朝我這邊走來。

原來如此，她們躲在後面，強迫班長來向我問話。

我連忙抄起鉛筆盒，又從書桌裡隨便抽出一本習題本，就在我剛轉過身，還沒朝門口邁出腳步的時候，班長叫住了我。

「葉荻，我有點事想問妳……」

她的聲音在顫抖，也不敢直視我的眼睛，那副樣子活像是在跟一個手持利刃的歹徒對話。

「我要去自習了。」

她繼續說下去，聲音愈小了，好在這時秦虹她們已經調低了音量，否則我很有可能聽不清楚她後面的話。「妳是不是跟林遠江吵過架？」

「沒有，還來不及吵架她就死了。」我說得很冷淡，心臟卻跳得越來越快，「妳還有別的事情嗎？沒有的話我先去自習了。」

我走出幾步，她又叫住了我。

「葉荻，我們也不願相信妳做了那種事。」

「這樣啊。」我轉過身，面對著她，「那就不要相信啊，我沒有傷害過遠江。」

「可是……」

「我沒有做那種事的理由吧？欺負她對我有什麼好處？我又不缺那幾個錢，反而只有那麼兩三個朋友。妳們也用腦子好好想想，我真的有必要做出這種事嗎？」

「但是林遠江她……」

「她也沒必要說謊——妳是想這麼說嗎？」我想結束這無意義的對話了，「她說謊的理由，只有她自己知道。妳們真想知道的話，就去問她吧。」

「我是真的想幫妳……」

「是嗎？」我往秦虹她們那邊看了一眼，只見她們也正往我這邊看，還一邊議論著什麼。「但是派妳來問我的人好像不是這麼想的。我什麼都沒做過，對日記裡寫的事情也毫不知情——就跟她們這樣說吧。就算我說自己才是受害者，妳們也不會相信吧？」

她沉默了很久，最後說了一句：「我願意相信妳，但是沒有信心說服秦虹她們。」

「我也沒有這個信心，所以就這樣吧。我要去自習了。」

我轉過身，她還站在原地。她說願意相信我，也只是一句客套話吧。肯定會有願意相信我的人，也會有人指出日記的記述裡那些不合常理的地方，但班長肯定不是那樣的人。她對這件事恐怕根本沒有自己的看法，也不關心，只是被秦虹那群人差遣才來問我的，否則怕是根本不想跟我、跟這件事扯上任何關係，連花費一些心思去思考都不情願。

在這個教室裡，像她這樣的人才是大多數。恐怕，即便在教室之外也是如此。

那些在網路上習慣性地轉發的人，或是當作話題在飯桌上講給別人聽的人，其中又有多少人會設身處地地為我們考慮呢？反正勒索同學的故事早已不算新聞了，因為受到霸淩而自殺也早有了先例。這些旁觀者看到遠江編造的故事，會做出的反應恐怕只是「又出了這種事啊」，而不會考慮到我有沒有勒索遠江的理由，更不會想到她可能在說謊。就算我的家庭資訊、父母的收入都被公布到網路上，大多數的人也仍會深信我做得出勒索遠江的事情來。

是啊，因為我是「現在的女生」，所以「什麼事情都做得出來」，一種簡單易懂的三段論。

夠了……反正用不了多久，任何冷靜的分析和那些支援我的話都會被淹沒，然後離得遠一些的人就會把這件事忘掉了，而我呢，會被周圍的人貼上「凶手」的標籤，然後再也撕不掉。

總之先逃離這裡吧。

想著這些，我快步走出了教室。

班長沒再叫住我，其他人也沒有。

在報刊閱覽室找了個位子坐下之後，才發現帶來的那本數學習題集裡在課堂上講過的部分都已經做完了。無奈之下，我去架子上拿了一本合訂好的科技類雜誌，裝作在看。閱覽室裡也有個班上的同學正在對我指指點點，她旁邊還坐著一個別班女生，很專心地在聽。看來我的「事蹟」很快就要傳遍全校了。

我用一個中午翻完了半年的雜誌，走出閱覽室卻渾然不記得讀到了什麼。期間，我還收到了薦瑤傳來的一條訊息，只寫了一句「對不起」。我怕被別人看到就刪掉了，我想，她也是看中簡訊能直接刪掉這個便利的功能，才會用這種有些過時的方式聯絡我。

我以前不怎麼會把手機帶到學校來，自從捲進了這樁麻煩，就總把它放在手邊。一是為了查看網路上的新動向，二是在遭遇什麼突發情況時（就像在遠江家遭遇的那樣）可以立刻求救。

回到教室門口時，還沒有打預備鈴。

朱老師站在走廊裡，見到我過來就立刻叫住了我，之後又領著我繞過一個轉角，站到離教室稍遠的位置。看樣子，她並不希望其他同學聽到我們的對話。起初她還支支吾吾的，像是不知該從哪裡問起，反覆斟酌了一番之後，她問我知不知道遠江是因為什麼才自殺的。

「您不是說那是事故嗎？」

她顯然被我激怒了，瞪大了眼睛，嘴唇和脖子上的筋都在抽搐，卻又竭力壓制著怒火。

我只好補了一句，「那天葬禮之後，我去遠江家看過她的日記，是她母親讓我看的。」

「這麼說……」

「但我不記得自己做過什麼對不起遠江的事情。」

「什麼叫不記得了？」

「我沒威脅過她，日記裡寫的那些事都是騙人的。」

「林遠江有什麼怨恨妳的理由嗎？」

「我不知道。我也是看完日記才知道她那麼恨我的，恨到臨死還要陷害我的程度……」

「我相信妳。」

又是這句話，「老師真的相信我嗎？」

「妳不是那種會欺負人的學生，我們班上不會有那種學生的。」

是嗎？但願不會有吧，我可不想被人欺負。

就在這時預備鈴響了，但她顯然不打算放我走。

「學校這邊會替妳做回應的，妳不用擔心。最近先低調一點吧，網路上有人議論什麼千萬不要回，有媒體的人找上妳也不要亂說話。」

「如果班上有同學議論我呢？」

我這句話顯然戳到了她的痛處。我很清楚，不管之後在我身上發生什麼事，都很難指望她介入。

哪怕全班都孤立我，乃至……

「葉荻，妳還沒搞清楚狀況嗎？事情鬧成這樣了，學校會盡可能保護妳的。我們只是希望妳能低調一點，不要再惹出什麼麻煩了，好嗎？」

「我真的什麼都沒有做。」

「不管妳有沒有做，就算真的做了……」說到這裡，她下意識地抬起了左手，像是要捂住那張失言的嘴。一不小心說了實話，任誰都會心虛。「老師相信妳，我們班上肯定沒有那種會欺負人的學生。」

她話音剛落，上課鈴就響了起來。這次她終於不得不放我走了。

坐到椅子上我才想起來，我把那節課要用的課外閱讀講義鎖在了教室後面的櫃子裡。可是教英語的付老師已經開始講課了，同學們都齊刷刷地把閱讀講義翻到了他要講的那一頁。今天，他沒再因為我沒準備好課本而指責我，甚至沒往我這邊看上一眼。

後來，松萁從後面遞了一張紙條給我，上面卻一個字也沒寫，恐怕也是不知該從何問起。我這才意識到有必要跟她解釋一下，就寫了一行「林遠江在說謊」。然後，她又在紙條另一面寫了一句「她為什麼要說謊？」——又是這個問題，每次向別人澄清，都會被這個問題卡住而無法順利進行下去，我只好寫了一句「也許她很討厭我」。

然後松萁就再也沒遞紙條過來了。

下課的時候，我去後面的櫃子拿東西，順便往松萁那邊看了一眼，她注意到了，立刻避開了我的視線。

是啊，我無法說服她，也無法說服任何人。不管這件事如何蹊蹺，如何與我給人的印象不相符，只要解決不了「她為什麼要說謊」這個難題，我就註定說服不了誰。

看來，事到如今真相早就不重要了。反正也不可能起遠江於地下，跟我當面對質，只要找到或者說編造一個說謊的「緣由」或是怨恨我的「契機」就好了。

也許她妒忌我。遠江在母親的管教下過著不自由的生活，而我卻能相對自由地支配時間和金錢來讀書、買書，在她看來恐怕事很值得羨慕的。可是那樣的話，她為什麼不找薦瑤下手呢？遠江在日記裡提過，說薦瑤像是一顆她「不敢直視的太陽」，已經耀眼到這種程度了，若真的妒忌，也應該妒忌她才對……

算了，不要再替她考慮了，姑且像她一樣編造出子虛烏有的故事吧！就用最俗套的理由好了——我們喜歡上了同一個男生。

想出這個「理由」之後的幾分鐘，我一度很興奮，還環視了一下整個教室，想看看哪個男生是最合適的人選。可是，一時的腦熱降溫之後，我才發覺這個「理由」是何等不堪一擊。

——如果真有這種事，遠江為什麼從未在日記裡提到過呢？

遠江的母親遲早會公開日記的全文吧？因為只有這樣，才能讓我無法替自己開脫。就是因為在日記裡找不到任何遠江怨恨我的理由，遠江對我的種種指控才顯得那麼無懈可擊，旁人也不會再做什麼多餘的猜測。

這麼簡單的道理她不可能不懂。雖說日記裡也寫滿了對她的控訴，看到的人免不了會如此解讀這起「事件」——遠江在母親的威壓之下已經到了崩潰的邊緣，我的「背叛」只是壓死駱駝的最後一根稻草——即便她也會被視作逼死女兒的凶手，她也勢必會公開前面那些內容。

這就是她對我的「復仇」。

和她女兒的做法一樣，這是一種自殺式的攻擊。

在回家的路上，我已經做好了心理準備，媽媽一定會責怪我一直瞞著她，她肯定不曾料想到，最早的那篇語焉不詳的報導已將矛頭指向了我，更不會知道我早就看過了遠江的日記。上週一她問我有沒有被人欺負時，我一口咬定遠江在騙人，當時如果沒說出那些話就好了，事到如今至少還能裝出一副懵然無知的樣子來，或許能矇混過去。

現在後悔也來不及了。

媽媽一定會對我發脾氣的。但這都無所謂，關鍵在於等她冷靜下來之後，會相信我嗎……

把鑰匙插進鎖孔之後，我深吸了一口氣才推門進去。在門口換鞋時我還沒有察覺到，走進客廳才發現我把這一切都想得太輕巧了。

坐在沙發上的不止媽媽一個人，爸爸也已經回來了。

起初，爸爸只是一言不發地坐在那裡，都是媽媽在問我話。問清了事情的原委之後，緊接著的果然是那個問題：「出了這麼大的事情，為什麼不告訴我們？」就在我吞吞吐吐，不知該怎麼回答的時候，爸爸終於開口了：「這件事應該由我們去和妳同學的母親交涉。如果妳早點告訴我們，事情也不會鬧到現在這一步的。」

會的，就算你們去交涉，她也不會停手的——不過現在顯然不該用這種話頂回去。

「我也沒想到她會把遠江的日記發到網路上……」

「我們今天一整天都在跑這個事情。」爸爸說，「北京那邊的媒體已經打過招呼了，他們說不會只聽一面之詞，也會報導我們這邊的說法，但是我們怎麼樣都聯繫不到妳同學的母親。家裡沒人，手機也打不通，她單位的人說她已經兩個星期沒去上班了，北京那家報社也說好久沒收到她的聯絡了，還說把日記的掃描檔上傳到網路上也是她自己的行為，跟他們報社沒有關係。我們打算明天再去她家看看。」

「對不起……」

「學校那邊怎麼樣？」媽媽問我。

「班上的同學都知道了。」

「沒有人欺負妳吧？」

我本想說「暫時還沒有」，又怕讓他們擔心，就搖了搖頭。

「學校那邊也說會儘量把事情壓下去。」爸爸說，「如果妳同學的母親再在網路上散播什麼，我們準備告她誹謗。總之，這件事會過去的，妳也不要想太多。」

「我知道了。」

他們又安慰了我幾句，就放我回房間了。我鎖好門，開始換衣服，眼淚忽然怎麼也停不住。結果，爸爸到最後也沒有問我是不是真的欺負過遠江。可是，我也沒有勇氣問他不問的理由。

如果爸爸的回答是「我相信妳不會做出那種事」倒還好，他如果說「即便妳真的做了也不要承認」，我又是否該感到憤怒呢？至於其他的答案，我更是根本不敢想像。

就這樣把這個問題永遠懸置起來吧，權當爸爸媽媽都信任著我。可是即便這麼想著，眼淚仍不住地往下掉。我屏住呼吸，不想哭出聲來，可是到頭來還是弄出了不小的動靜，再這樣下去會被爸爸媽媽聽到的……

我扯開疊好的被子，打算像小時候一樣蒙住頭痛哭一場，卻先聽到了敲門聲。我撲倒在床上，捂住耳朵，不想應門。

即便捂著耳朵，也能聽到敲門聲很快就停了。

4

遠江的母親後來陸續在網路上公開了日記的全文。不過，班上的同學對這件事的關注一度被期中考打斷了。

我在學校裡的處境沒有什麼變化，回想起來，自己本就不怎麼起眼，以往除了松荑和薦瑤也很少有人主動跟我說話。至於遠江，每次都是我主動湊過去找她的。如此看來，我早就適應了這種清靜的日子。更何況，老師們也很有默契地不再點到我的名字，上課時也可以放心地分心了。

需要習慣的就只有兩件事而已，一是一個人吃午飯，二是自己坐公車回家。

總之，就算成了班上的透明人，我的生活也沒有多少改變。反正班上的透明人也不止我一個，我也是遭到無視之後才注意到他們的。除了我之外，還有幾個同學每天也是一個人吃著午飯，下課、午休和放學之後都是獨來獨往。

我之前只注意到了遠江，她當時就是這樣度過校園生活的。

現在看來，如果沒注意到她就好了……

晚上薦瑤偶爾會打電話給我。總是聽她道歉，我都有些麻木了。她的處境也有些不妙，以往午休時湊在她身邊的那個小圈子已經土崩瓦解了，只剩下男友還陪著她。配合大家孤立我的結果就是，放學之後她也只得一個人回家了。

在期中考結束之後不久，我開始受到秦虹那群人的騷擾。有一天午休自習回來，發現桌上被人用螢光筆寫了一行「殺人犯」。比起憤怒，我更覺得哭笑不得。就算要用這種方式來「伸張正義」，也麻煩妳們做得專業一些，至少去校門口的文具店買支馬克筆吧。

後來她們真的買了，而且把字寫到我放在書桌裡的課本上。還有幾次，她們把撕碎的紙屑丟進我的書桌和書包裡。我之所以知道是她們做的，還是薦瑤在電話裡告訴我的。

為了保護課本，我把放在書桌裡的所有東西，連同書包都鎖到了教室後面的櫃子裡，需要用到的時候才拿出來。有時候也會鬧出問題，沒有把上課所需的東西都備齊。幸好老師絕不會點到我，少拿了什麼也無所謂。

再之後，我交上去的英語作業本再也沒發下來，我才想起英語小老師跟秦虹她們是一夥的。

我後來再也沒交過英語作業，老師也彷彿沒我這個學生一樣，一次也沒有提醒過我。

值得慶幸的是國文小老師是薦瑤，否則我的週記本說不定已經被全班同學傳閱一遍了。

然而，秦虹她們對我的騷擾升級為霸凌，卻是在一次國文小測驗之後。

週四上午的最後一節課是國文。那天國文老師有事請了假，臨時改成了作文小測驗。翻開從前桌傳過來的考卷，我一瞬間感到呼吸有些困難，胸口也在隱隱作痛——

『請以「信任」為題，寫一篇不少於八百字的作文。文體不限，詩歌除外。』

我盡可能不弄出動靜地深呼吸了幾次，又讀了一遍試題。信任——這對我而言尚不是最糟糕的題目，如果考題是「友情」，我或許還會有更激烈的生理反應。可即便如此，我的右手已經開始顫抖了。我拿起筆，想在稿紙第一行寫下那個定好的標題，但遲遲無法下筆。好不容易讓筆尖碰到紙面，卻又一筆滑了出去，幸好只滑到了格子邊緣，只要描一描就能變成「信」字的第一筆。

周圍的同學大多還在構思，沒有動筆開始寫。然後我注意到了，秦虹正把目光投向我這邊。即便覺察到了我的視線，她也沒有立刻把頭轉過去，而是露出了輕蔑的笑容。

她們應該都很好奇我會怎麼寫這篇作文——是啊，既然她們認定是我背叛了遠江的信任，自然會想知道我要怎樣替自己辯解。幸好唯有薦瑤是絕不會聽命於她們的，我的考卷不至於落到她們手裡。

還是集中精神，先把這堂小考應付過去為妙。

我活動了一下手腕，手已經不再抖了，反倒是秦虹那充滿惡意的目光讓我冷靜了下來。不能向她們示弱，就算用陳詞濫調來拼湊，也要把這篇作文寫完。

然而，那隻握著筆的手就算不再顫抖也不怎麼聽我的使喚，擅自就把我的心聲寫到了考卷上：

『信任只是一種托詞。』

我正猶豫著該不該畫掉重寫，接在後面的話卻像無聲電影的字幕一樣，一句句地湧現在腦海裡，我只好將它們悉數寫了下來。

『沒有勇氣去確認對方的想法時，大家就會把「信任」兩字掛在嘴邊，以自欺欺人。說到底，這不過是膽怯在作祟。可是多數情況下，即便開口去確認對方的想法，也未必能聽到真實的答案，而且有可能讓自己受到傷害。更可怕的是，一旦去追問，就會被認定是「不夠信任對方」，從而破壞了兩人之間的關係。』

這真是篇離經叛道的應試作文。若在以往，我可沒有勇氣在小考裡寫下這一類負面的言論，看到這題目，怕是只會論述人與人之間建立信任的重要性，再舉些無關痛癢的例子，引幾句一知半解的名人名言，最後再反過來說也不能盲目信任別人。可是，經歷了遠江的事情之後，只怕我是再也寫不出那種冠冕堂皇的蠢話了。

『……畢竟，我們不是為了刨根問底而活在世上的，絕少有人願意為滿足自己的好奇心而付

出代價。恐怕仍有必要繼續濫用「信任」兩字，不去探求別人的真實想法。當然，在自欺欺人的同時，誰也不要入戲太深，要隨時做好遭到背叛的心理準備。』

寫完這最後一句話，我就像被抽空了一樣，習慣性地把手裡的筆移到下一行，卻無話可寫了，大腦裡一片空白，直到下課鈴響起才回過神來。

倘若在書裡讀到類似的文章，恐怕我只會覺得作者在標新立異，行文也很是生澀，通篇都是枯燥的說理，全無實例，想必國文老師看到也會這麼想。然而，我無法把發生在自己身上的實例寫進去。也不必寫，這只是一種宣洩，頂多也只是一種整理，本就沒打算拿到高分，更不指望能說服誰。

這樣就可以了。

我把它放在從松荑手裡接過的考卷下面，傳給坐在我前面的男生。然後像往常一樣，把書包和上午用過的課本都鎖到櫃子裡。再次回到座位時，發現松荑已經不見了，她還是每天中午都去隔壁班吃飯。同學們紛紛去放在教室外的箱子那邊拿飯，薦瑤則抱著收上來的作文跑出了教室。

教室裡馬上就要響起音樂聲了吧。

我這樣想著，也去領了便當，回到教室，音樂卻遲遲沒有響起。

秦虹和她的跟班們正湊在我的座位旁，手裡還拿著一張密密麻麻、寫滿字的稿紙。我沒猜錯的話，那應該是我剛剛寫完的作文。

薦瑤肯定不會把我的作文交給秦虹她們，平時交給小組長的作業也基本上都能回到我手裡，而這一次，是從後往前傳的考卷……

原來如此，坐在我這一列第二排的女生現在就站在秦虹身邊，一定是她扣下了我的作文。

我朝座位走去，準備像往常一樣無視她們，結果被粗暴地攔了下來。

她們中的兩個抓著我的手臂，把我推到椅子上。便當裡的菜湯灑了一些出來，濺到了其中一個女生的鞋上。她像是為了報復，狠狠地踢了我一腳。

從脛骨傳來的劇痛讓我認識到了事情的嚴重性。

這一次就算我想無視，只怕也做不到了。只是塞紙屑或是用馬克筆寫下咒罵我的話已經滿足不了她們，她們終於還是對我出手了。

我想掙脫、跑出教室，卻因為肩膀被人死死壓住而無法起身。

「我們真的看不下去了。」秦虹說道，又瞥了一眼我那篇作文，「妳害死了我們的同學，居然一點悔意也沒有，還在作文裡嘲笑林遠江。」

說著，她大聲念出了作文的最後一段話：「當然，在自欺欺人的同時，誰也不要入戲太深，要隨時做好遭到背叛的心理準備。」

她把那張紙甩在我的書桌上，讓它正好攤在便當旁邊。

沾到紙上的菜湯一點一點暈染開來。

班上那些原本打算無視這場鬧劇的同學，也紛紛把頭轉了過來。我想，聽到了這一番話，他們也像秦虹一樣，正沉浸在自以為是的義憤之中。

「妳這是什麼意思？是說林遠江在妳們的友情遊戲裡『入戲太深』了？她把妳當朋友，也只是一直在『自欺欺人』——妳是這個意思嗎？」說到這裡，她揪起我的衣領，瞪了我一眼。「還是妳想說，林遠江會自殺，都是因為沒做好被妳背叛的『心理準備』？開什麼玩笑！」

我不想和她解釋，只希望這一切能快點結束。

「我們都讀了她的日記，裡面真是三句話離不開妳。她那麼信任妳，妳又是怎麼對待她的？她只有妳這麼一個朋友，妳卻……」

「是啊，她只有我這麼一個朋友，可是……」

「可是什麼？」

「可是還不是因為妳們都不願跟她做朋友——妳們所有人都當她不存在！」

結果還是說了出來……不，應該說是喊了出來，恐怕身在隔壁班的松荑也能聽到我的叫喊。

這句話，我從很早以前就想質問班上的同學了，今天總算說了出口。是啊，即便遠江是個連手機都沒有的孤僻女孩，妳們也不該一直無視她，直到她死了才想起班上有這麼一個人，才來為她的死鳴不平！

在她活著的時候，當她還在這間教室裡與我們呼吸著同樣的空氣時，妳們都為她做過什麼了呢？

秦虹舉起左手，像是準備打我。我不願示弱，把眼睛睜得更大了，淚水卻不停地往外湧。

她忍住了，顫抖著放下了左手，也鬆開了抓著我衣領的右手。她全身都在顫抖，呼吸聲也變得異常沉重，像是剛跑完八百公尺一樣。

「妳……」

她的跟班齊刷刷地把目光投向了她，等待著秦虹的下一步指示，那場面就像是一群未開化的土著在等候女祭司的神諭。

「妳有什麼資格把『朋友』這個詞掛在嘴邊！」秦虹在我耳邊怒吼道。她的「朋友」們紛紛點頭稱是，看來誰也無法原諒我玷汙這個神聖的字眼。「我來教妳怎麼和人做朋友吧……」

說著，她拿起我擺在桌上的便當，抓了一把已經涼了的米飯，湊到我嘴邊。我伸手去擋，結果手也被抓住了。

「朋友要一起吃午飯！」

她把那口飯按在我的臉頰上。我真的被激怒了，想著如果她再敢這麼做，我就一口咬住她的手指。可是，把黏在手上的飯粒在我的袖子上蹭乾淨之後，秦虹沒再把手伸進便當裡，而是將便當整個端起，連湯帶水一併扣在了我頭上。

可能是為了不被菜湯濺到，按在我肩膀上的手一時鬆開了，我站了起來，卻因為眼睛被菜湯糊住了，一時什麼也看不到，不知該往哪裡逃脫，一轉眼又被按回了椅子上。

菜湯順著脖子流進衣領裡、滑過後背的感覺，活像是有什麼活物鑽進了衣服裡。

趁著她們還來不及抓住我的手腕，我趕忙擦了一把眼睛。這下總算能睜開眼了。

「朋友會上課傳紙條……」

秦虹的話音剛落，她的跟班就將一大把不知從哪裡變出來的紙屑撒在我頭上。看來平時就是這個女生負責往我的書桌裡放紙屑。

「朋友要每天打電話給對方。」

說著，秦虹把手探進我的上衣口袋裡，摸出了我的手機，又將它狠狠地摔在地上。

「朋友還要一起拍照……」

她的另一個跟班拿著自己的手機湊過來。走過來的時候，還不忘一腳將我的手機踢到了更遠的地方，然後她舉著手機對準我，拍下了我的醜態。

「讓她自己看看。」秦虹指示說。

我看了一眼拿到我面前的手機螢幕，立刻把視線移開了。我現在的樣子遠比想像的更糟糕，紙屑被菜湯黏住，紛紛掛在我的頭髮上。褐色的湯水順著頭髮流下來，經過眼眶，流過面頰，又從腮部滴到衣領上。我不禁想起了《魔女嘉莉》裡女主角被灑了一身豬血的場面，竟從悲慘之中感到了些許的滑稽。

「朋友還要一起寫作業。」

我的書包和作業本全都鎖進了櫃子裡，鑰匙倒就在衣服口袋裡，但她們顯然沒動這個心思，只是把我那篇作文撕了個粉碎，新產生的紙屑仍照例扔在我的頭頂上。

之後，秦虹對我下達了最後的判決——

「朋友要一起去廁所。」

聽到這裡，她的一群跟班忽然手足無措了起來。很顯然，每個人都聽懂了她的意思，卻猶豫著要不要執行。

任何一個有常識的人都清楚，若把這副樣子的我拖出教室，一定會把事情鬧大，可是秦虹並沒有就此收手的打算。她湊到我耳邊，又補了一句：

「妳願意跟我一起去嗎？」

這句話既是對我的威嚇，同時也是說給她那群跟班聽的。她們交換了一下眼神，然後就把我拉了起來。

手臂雖然被她們抓得生疼，卻又有一股寒意湧過，恐怕已經起滿了雞皮疙瘩。廁所——我一時很難想到比這更可怕的字眼了。秦虹究竟打算對我做什麼，我根本就不敢想像。往好處想，至少會幫我沖洗一下頭髮吧……

事到如今，就算討饒，她們也不會放過我了。

我暗下決心，等她們把我拖出教室門，我就大聲喊救命，讓這一整層的人都聽得一清二楚。

「妳們在幹什麼？」

一個聲音從教室前方傳來，我抬起頭，看到是朱老師站在門口。

秦虹她們趕忙把我放開，我顧不得朱老師的阻攔，衝出教室，朝茶水間奔去。一出門，差點撞到一個站在門外的女生，竟然是薦瑤。

看樣子是她叫來了朱老師。

衝進茶水間，我立刻擰開水龍頭，把頭湊到下面。我肯定把那些正在洗餐具的人的視線都吸引了過來，但我已經顧不得那麼多了。即便早一秒鐘也好，我恨不得立刻擺脫黏在頭髮上的菜湯與紙屑。看著從我頭髮上流下來的自來水都變成了鐵銹的顏色，我失聲痛哭起來。

關上水龍頭之後，立刻聽到了一陣走向我的腳步聲。

是薦瑤為我送來了毛巾。

§

後來朱老師把我帶到了辦公室，問我需不需要去宿舍那邊沖個澡，又勸我去醫務室那邊躺一會兒。還說已經念了秦虹她們，她們幾個正在會議室寫悔過書。

之前我被她們騷擾的時候，一次也沒跟朱老師提起過，事到如今也無法譴責她不作為，只好先感謝了她的關心，又告訴她我已經沒事了。

正當我站起來準備離開的時候，朱老師忽然說了一句讓我始料未及的話：

「我聯繫了妳家長，他們過一會兒會來接妳，今天先回去好好休息一下吧。」

「我真的已經沒事了。我也沒那麼嬌貴，就是想換件衣服……」

「還是好好休息一下吧。學校這邊會當成病假處理的，妳不用擔心。」

「沒這個必要吧。」

「作為妳的班導師，我覺得還是有這個必要的。」說到這裡，她面露難色。「就當是為了班級，好好休息一下吧。」

「老師的意思是我明天也不用來了嗎？」

「妳可以休息到妳覺得恢復為止……真的不用勉強。學校都會算是病假的，妳平時成績也不錯，又很有自覺，就算在家休息，功課也不會退步的。高二文理分班之後，妳打算學文吧？」

照她的意思，直到這學期結束，我都不用來學校了，而升上高二後，反正我也會去文科班，不會歸她這個物理老師管。現在她只想要先排除掉我這個不安定因素，以求順利撐到這學期結束。

的確，只要我還坐在教室裡，同學們就無法專心讀書，說不定哪天又會有人做出類似今天這種事情來。她負責的班級已經出了遠江這個自殺的學生，又出了我這個新聞焦點，再惹出什麼麻煩，她就真的承擔不起了。

真是諷刺啊，我明明是被欺負的一方，卻被下達了實質上的停學處分，而對我暴力相向的秦虹她們只是寫篇悔過書就沒事了。

「朱老師，您能不能答應我一件事呢？」我說。

「什麼事？」

「如果秦虹她們敢欺負方薦瑤的話，就把她們全都開除。」

這顯然不是她能做主的事情，但她斟酌了一番之後，還是說了句「好，我答應妳」。

就在這個時候，朱老師桌上的電話響了，是傳達室打來的，說是我家長已經到了。

「妳的書包還在教室裡吧，我陪妳過去拿一趟。」

「沒關係，我自己去就好了。」

「還是讓我陪妳過去吧。」

她搶先一步起身，走到門口，替我打開了門。我跟在她後面走出辦公室，只見薦瑤一個人站在門外。從她身邊經過時，我輕聲說了句「保重」。她沒有任何反應，只是低著頭站在原地，也不知道究竟聽見了沒有。

第四章

為最後一個願望而祈禱

1

我被迫休學之後，薦瑤幾乎每天都來看我。

以往她上課都不怎麼寫筆記，只是在課本上畫畫重點或是寫幾句備註，現在為了我，卻恨不得把老師的每句話都記到本子上。她總會陪我寫完作業再回家，如果太晚，媽媽會開車送她回去，有時索性就住下來了。

恐怕對於薦瑤來說，這幾乎是一種「贖罪」了。但我並不覺得她有什麼虧欠我的地方，反而有些不好意思。

其他同學，包括松荑在內，倒是一次也沒有聯繫過我。那天媽媽接我回家之後，非要再去找班導師討個公道，至少要讓秦虹她們登門道歉。我說不想見到她們，媽媽才打消了這個念頭。

每天在家實在無事可做，只好在各個社群網站上閒逛，觀察網路上的人對遠江的事的反應。我能查到的較早評論，幾乎是一面倒地譴責我，特別是最後一天的日記被公開之後，不少人都主張將我繩之以法，其中還有幾位「法學專家」提供技術上的支援給網友們。順著這個思路，話題很自然地轉向了針對「未成年人犯罪」的大型討論，甚至有人發起投票，問大家是否贊成對未成年人採取同樣的量刑標準。剛看完這樣的社會新聞，怎麼會有人不贊同呢？

討論這件事的另一個方向是「關注校園霸凌」。有好事者將進入新世紀以來的著名校園霸凌事件做了總結，還從中看出了不少規律。而遠江的死，適足以證明女生之間的霸凌比重正逐年增加。很顯然，說這些話的人選錯了例子，但結論或許是對的吧，只要看看秦虹她們對我做的事情就知道了。

我父母的身分也被曝光了。起初只是有人說我的父親是公務員，母親是報社的編輯，之後立刻有人幫我貼上了「官二代」的標籤，還說我父母動用職務之便封鎖消息。爸爸只是個副科長，卻被傳成了局級幹部。幸好我住在Z市這種小地方，大家就算拚命誇大，也只能到這個等級。

針對遠江參加的那個徵文比賽，網路上也有不少討論，甚至有人根據日記的描述偽造了遠江的參賽文章，但是寫得很拙劣，底下的留言紛紛表示這樣的文章確實不可能入選。後來又有稍微聰明一點的人質疑那位用戶為什麼能貼出遠江的參賽文，最後的結論竟然是那是「葉荻的帳號」。在來自四面八方的圍攻之下，那個帳號很快就被註銷了。

也有人想蹭這個熱門事件來展現一下自己的學識，一時間冒出了好幾個「古希臘哲學專家」分別對《尼各馬可倫理學》一書做了介紹，好幾篇都是以遠江的死來開頭，其中甚至有一篇出自上海某著名大學的哲學系教授之手。

最讓我感到哭笑不得的是在某個能幫圖書打分的網站上，有人發起了把我外公的著作打一星的運動，評語清一色都是「我沒讀過，要怪就怪妳外孫女吧」一類的話。外公那幾本只印了一兩千本的中外交通史論文集竟然是以這種方式再次進入大家的視野，不知他老人家在泉下會做何感想。

因為我的名字有出現在日記裡，要找到我的種種個人資訊也沒那麼困難。有很多跡象表明，在網路上煽風點火的一些「知情人」是我的同學，至少有我們學校的學生在「爆料」。其中一個帳號把遠江發表在校刊上的文章拍照傳到了網路上，還貼出了我們班教室的照片。這些說不定也是秦虹那群人做的好事，幸好我沒怎麼跟班上的同學交換過手機號碼（應該只有薦瑤、松荑和遠江知道），直到現在還沒接到什麼騷擾電話。

網路上倒是不止一個人（有的還自稱是我的同學）貼出了「葉荻的手機號碼」，但那些號碼無一例外都是錯的，說不定都是在利用民眾的憤怒來報復仇家。事到如今，就算有人貼出正確的號碼，估計也不會有人信了。

對我的種種指責，看多了就麻木了，反正只有禮貌與否的區別而已，內容都大同小異。我不能忍受的，是那些針對我和遠江長相的議論。

遠江作為「受害者」，照片很早就被貼了出來。我的名字被公開之後，也有人翻出了我國中的畢業合照，以及其他在網路上能找到的照片。

遠江的長相顯然滿足不了大家對悲劇女主角的幻想，所以表示失望的大有人在，還有人在她的照片下面留言：「以前我們班上被欺負的女生也長成這樣。」，居然有幾個人附和說「可以理解」。至於我的長相，我自己本來就不怎麼喜歡，但看到那麼多酸言酸語，心裡還是很不愉快。印象最深的一條評論是：「笑起來像蜥蜴，一看就不是什麼善類。」下面還有人回覆：「妳怎麼能這麼汙蔑蜥蜴呢？」

我休學回家的時候，網路上針對這件事的關注已經降了溫，校園借貸和人工智慧成了網民們的新寵。直到這件事淡出公眾的視野，質疑的聲音都微乎其微，也有一些人渴望著「反轉」，卻遲遲沒有等到，也就逐漸失去了興趣。

上個週末，我把在各個社交平臺上新註冊的帳號一併註銷了。學校裡的人也會慢慢忘記這回事吧。時間雖不能證明我的清白，卻能讓我的汙名變得不再那麼顯眼。既然無力洗刷，那就耐心一點等待……

就在我準備放棄的時候，蕎瑤把姚老師帶到我家來了。

她們到訪時，我和媽媽剛吃過晚飯，爸爸還沒回家。蕎瑤事先沒跟我說姚老師也會來，我就像往常一樣穿著睡衣幫她們開了門。媽媽招呼姚老師去客廳坐坐，但姚老師說有事想跟我談談，和蕎瑤一起去了我房間。

我安排姚老師坐在我的椅子上，自己和蕎瑤一起坐在床上。蕎瑤習慣性地抱起了放在床頭的企鵝布偶，姚老師正準備開口時，媽媽送茶水過來了。等媽媽離開、把門關好，姚老師才說明了來意：

「葉荻同學，妳三月底的時候是不是從圖書館借過一本書？」

說著，她取出了一張紙，遞給我。上面列印著我的借閱清單，最後一條記錄是本迪倫馬特的小說集，至今未還。

「已經過期兩週了，那本書現在在妳家裡嗎？」

「稍等一下，我找找看。」

我起身，很快就在書架上找到了那本書背上貼著引索書號的舊書。借來之後一直沒時間看，後來又發生了那種事，我就把還書的事情忘得一乾二淨了。

姚老師從我手裡接過那本書之後，仍坐在原處，絲毫沒有站起來離開的打算。況且就情理而言，圖書老師也不會為了一本過期的書專程跑一趟，所以我試探著問了一句，「老師要跟我談的就是這件事嗎？」

「當然不是，這只是順便而已。」她隨手把那本書翻到靠中間的某一頁，卻沒有低下頭看，目光仍對著我的眼睛。「如果只是為了要回一本過期的書，只要找妳這位朋友代勞就好了。我有事想問妳。」

「什麼事情呢？」

「只是想向妳當面確認一下罷了。」她把書放到桌上，說，「妳應該沒欺負過林遠江吧？」

「我沒欺負過她。」這句話幾乎是脫口而出，音量大到連我自己都嚇了一跳，「老師……」

「妳之前說真的遇到什麼麻煩會來找我商量，其實當時就已經遇上麻煩了吧？」

「對不起，我……」

「這又不是什麼需要道歉的事情。我只是個圖書室的老師，遇到事情來找我商量才比較奇怪。」姚老師微微一笑，「不過啊，妳遲遲不來找我，我就背著妳採取行動了。我那邊有了一些進展，想儘快告訴妳，去找妳班導師一問才知道妳休學了。」

「您是為了幫我才特地過來的嗎？」

「總愛多管閒事也是我的老毛病了。」

坐在我身邊的薦瑤插了一句，「聽說您喜歡讀推理小說，所以才總愛扮演名偵探吧。」

「倒也不是。」姚老師的表情忽然沉重了起來，平視著我的目光也垂了下去。她搖了搖頭，「自作聰明的偵探遊戲什麼也改變不了，我只是不想再……」

她沒有說下去，薦瑤也像在為了把話題引向尷尬的方向而感到愧疚，低著頭陷入了沉默。見狀，我連忙問了一句：「老師發現了什麼，為什麼認為我是清白的？」

「我也看了林遠江的日記，有些地方總覺得不太自然。如果是篇日記體小說的話，倒還說得過去——我會認為作者在謀篇布局上下了功夫。但若說是一天一天寫下來的日記，又未免太刻意了。妳有這種感覺嗎？」

「我倒是不覺得有什麼地方不對勁……」

「也可能是我想太多了。」說著，她從包包裡拿出一疊紙，翻到很靠後面的某一頁，遞給了我，「妳看看這裡。」

那是二月二十七日和三月三十日的日記。

二月二十七日　週一

果然，一大早國文小老師就拿著那本雜誌過來找我了，α也說了幾句鼓勵我的話。本就沒期待能入圍，自然也不覺得沮喪。可是，利用上課時間讀了幾篇刊登出來的「優秀入圍作品」之後，又不免難過了起來。我並不覺得那些文章比我寫得差，也不想承認她們寫得更好，因為根本就不是同一個類型，我從一開始就弄錯了方向。原來如此，原來評委期待看到的是這樣的來稿。附在一篇文章末尾的評語裡，出現了這樣的字眼——「真實的青春」。看到這行字我簡直要吐了，我忽然明白，這是一場我註定會輸掉的比賽，卻不是輸在文字上面，而是輸給了「她們的人生」。那篇文章裡提到的事情，獨自旅行、交男友、去看演唱會，哪怕是深夜打電話給朋友哭訴，都是我絕不可能在這個年紀體驗到的。如果評委們認定這就是「青春」，我就絕無可能比這些親歷過的同齡人寫得更「真實」。我那些向壁虛構的情節、飄忽不定的背景、故作優雅的行文，都從一開始就找錯了方向。最近真是什麼都不想寫了，週記就交幾段摘抄應付過去吧。日記似乎也不必寫了，反正說到底也沒有什麼可記的事情，就這樣吧。

三月三十日　週四

有一個多月沒再寫日記了。回想起來，這一個月裡也沒什麼值得記上一筆的事情。我後來也想通了，會花錢買那本雜誌的肯定不是我這種人。雜誌的編輯與讀者之間自然有他們的默契與常識，我的生活也好，文章也好，都不可能引起他們的共鳴，因而註定會是這個結果。我的讀者有α一個人就夠了。今天她又問我有沒有什麼新的構思，再寫些什麼給她看吧……話雖如此，我卻一點思路也沒有。

姚老師繼續解釋道，「林遠江受到徵文比賽落選的打擊，有一個月沒有寫日記，這也不是不能理解，因為她發現自己的生活裡沒有什麼值得記下來的事情，於是停了筆。這是妳這個年紀的女生常有的心理，姑且算是一種『頓悟』吧。而在三月三十一日的日記裡……」

我往後翻了一頁。

三月三十一日　週五

昨天α問起了借給我的那三本書。我把那本《尼各馬可倫理學》帶到學校，卻忘記拿給她了。到頭來只看了有關「友愛」的部分，說不定是亞里斯多德顯靈了，讓我又把書揹回家，想以這種方式強迫我讀完……算了，就算他托夢給我，我也不想再看下去了。

「『昨天』，也就是三月三十日。妳在三月三十一日問起了那三本書的事情，她也在那天重新開始寫日記，這是不是太巧了呢？」

「我沒跟她提起過，我早就不記得借過書給她，是她在自殺的前一天非要在第二天把書還給我，我才想起來的……」

「果然是這樣。」姚老師點了點頭。「之後的四月一日就發生了『撕書事件』，這也變成了妳『勒索』她的導火線。而根據日記的說法，書會被撕掉又是因為妳在三月三十日催她還書，她把其中一本帶到了學校……不覺得很奇怪嗎？」

確實太巧了，活像是預見了後面要發生的事情一樣。

「她正好在妳提起那三本書的日子重新開始寫日記，然後沒兩天，書就被撕了，後面所有的日記都是圍繞著這件事展開的。我甚至覺得，可以把林遠江的日記劃分為截然不同的兩部分，截止到二月二十七日輟筆，都很像是女高中生的日記，只是雜亂地記錄自己的生活，有什麼就寫什麼，看不出什麼刻意安排的脈絡。而三月三十日她重新開始寫日記之後，可以看作是第二部分，更像是一部日記體的小說選段，先為事件埋一些伏筆，再逐天記下事情的進展，簡直像是一首通往悲劇的進行曲。」

「但是姚老師，」薦瑤開口了，「發生了『撕書事件』後，遠江她肯定整天都在為這件事苦惱，不會有關心其他事情的餘裕，反映到日記裡自然就會是這個樣子。」

「我在意的是她重新開始寫日記的時間。如果她是在書被撕掉的當天重新開始寫日記，倒也說得過去。然而不是，日記是從書被撕的前兩天重新開始寫的，這給人的感覺就像是她為了不讓日記顯得太突兀，特地從事發的兩天前重新開始寫的。」

「您是說，三月三十日、三十一日兩天的日記更像是書被撕掉之後，遠江補寫上去的？」我問。

「有這個可能性。」說到這裡，姚老師深吸了一口氣，「妳們有沒有想過，後面這些日記有可能不是林遠江寫的？」

「但是字跡確實是遠江的……」

「妳們小時候沒模仿過家長的簽字嗎？我在妳們這個年紀還經常幹這種事呢。既然孩子能模仿家長，家長為什麼就不能反過來模仿孩子的筆跡呢？這只會更容易，不是嗎？」

「您的意思是說，遠江的母親偽造了後面這些日記？」

「我暫時想不出其他人選了。」

聽到這裡，我和薦瑤對視了一下，薦瑤眼裡也滿是困惑。

「妳們還能想到其他人選嗎？」姚老師說了下去，「如果三月三十日之後的日記是偽造的，又是什麼時候被偽造出來的呢？總不會是在林遠江生前吧？偽造者會得到那個日記本，應該是在林遠江墜樓之後。日記本一直放在家裡，林遠江又跟母親兩個人相依為命……我真的想不到其他人選了。更重要的是，也只有她母親有偽造日記的理由。」

「什麼理由呢？」薦瑤問。

「脫罪，或者說逃避世人的指責。如果林遠江的日記截止到二月二十七日為止，大家會怎麼猜測她的死因呢——受不了母親的高壓教育才自殺的，大多數人應該都會這麼推測。特別是妳，作為她朋友，很可能從林遠江那裡了解到了什麼，就算銷毀掉日記，妳也有可能提供這方面的證言。這樣一來，林遠江的母親免不了要背上逼死親生女兒的汙名。」

「那也是她應得的。」薦瑤說，她的聲音因憤怒顫抖了起來。

「所以——當然這只是我的想像，但我有理由這麼推測——她選擇把妳也拖下水，透過偽造一部分的日記，把害死林遠江的大部分責任都推給妳。」

「可是，如果是那樣的話，」薦瑤說，「她為什麼不把自己的關係完全撇清呢？即便按照日記的說法，一切還是因為她撕了書才引發的，她還是要為女兒的死負責啊。」

「話是這麼說，但是啊，人的想像力是很有限的，並不是所有人都像小說家和騙子一樣，隨口就能編造出一個完整的故事來。一個普通人就算要說謊，不過是在事實的基礎上做一些改造罷了。她肯定真的撕了妳借給林遠江的書，這件事也確實成了林遠江自殺的導火線。她所做的，只是在此基礎上編出妳勒索林遠江的故事而已，這種基於一部分事實的謊言才最難被戳穿。」

姚老師的推測確實不無道理。書是遠江的母親撕的，她又能透過日記知道那是從我這裡借的書，完全可以捏造出這一個故事，而她也不會知道遠江究竟是在週五還是週六把書還給我的……

「不過，既然是謊言，不管編得多精巧，一定會有紕漏的，更何況是要編造別人的經歷。林遠江的母親可能犯了個很嚴重的錯誤，說不定還不止一個呢。」

很嚴重的錯誤？我不知道她指的是什麼，薦瑤往我這邊看了一眼，她也是一臉茫然。

我想，姚老師的意思大概是，如果日記是他人偽造的，就不可能對遠江的行動瞭若指掌，一定會有和事實相忤的記錄。可是即便如此，已經過了這麼久，誰又會記得遠江在何時何地做過什麼呢？

結果還是什麼都證明不了……

姚老師從我手裡拿回了那疊紙，翻到最後面的幾頁。

「在最後一天的日記裡，妳對林遠江說了這種話：『妳這是什麼表情啊，需要這麼吃驚嗎？

報名表當然還在。那種爛文章，我怎麼好意思幫妳寄出去呢？』照日記的說法，妳沒有幫她把文稿寄去參賽。」說到這裡，姚老師抬起頭看著我問，「那麼，妳到底有沒有幫她寄呢？」

「我當然幫她寄了，那還是我一個字一個字替她敲進電腦裡的。可是……」

可是文章已經落選了，恐怕什麼記錄都沒有留下。

「如果寄的是EMS，應該會給妳一張單子才對，上面會有查詢號碼。」

「那麼早之前的東西，早就找不到了。而且就算查到郵寄記錄，也不能說明什麼問題啊，也許那是我寄了自己寫的東西去參賽……」

「也對。」姚老師沒有露出失望的表情，臉上仍掛著從容的微笑，「那也沒關係，不如聯繫一下主辦方吧。」

「看公布結果的那期雜誌上說，他們收到了幾萬件來稿，肯定只留下入圍的作品，剩下的估計早就扔掉了。」

「那可不一定。我正好有個朋友在這個圈子裡還有點人脈，她幫我聯繫了那邊的編輯。對方說文稿確實沒做保存，但是為了做各種統計，所有的報名表都還保存在編輯部，只要推算一下是哪天寄到的，應該不難找到。」

「如果找到那張表格的話……」

「雖然無法證明妳是清白的，至少能說明日記裡有不可靠的成分，然後就會有更多的人願意相信妳了。」

是嗎……事到如今，是不是已經太遲了？

這件事好不容易才淡出了公眾的視野，我又何必畫蛇添足，再提醒大家想起它呢？更何況，就算我能證明自己替遠江寄出了文稿，就真的能證明日記的作者在說謊嗎？一定會有人反駁的，說我是為了傷害遠江才那麼說的——明明寄了卻騙她說沒有，只是為了傷害她而已。如此一來，豈不是顯得我更加十惡不赦了嗎？

就在這個時候，遠江母親那張憔悴的臉在我眼前浮現，腦海中還迴盪著她那咬牙切齒的低語。

如果真的是她偽造了日記，她又何必演得那麼過火？如果只是為了洗脫逼死女兒的汙名，真的有必要把我反鎖在房間裡，甚至對我動用瓦斯，搞得好像真的要置我於死地、替她女兒報仇一樣……她真的有必要這麼做嗎？

這樣看來，姚老師的推測未必屬實，但是……

想到這裡，我忽然感到一陣惡寒。

或許這才是她真正的計畫。即便日記是她偽造的，她也一樣會對我痛下殺手，這樣等下去也不過是坐以待斃。

如果僅僅是偽造日記，她一樣會遭到譴責，唯有動手殺害我，她才能真正博得世人的同情。而不僅能洗去逼死女兒的汙名，還能搖身一變，成為一個親手為女兒報了仇，值得尊敬的母親。而在得手之後，只要她立刻去自首，甚至不用付出生命的代價——不，應該說只是以我的生命為代價——就換回了自己的名譽。

反正失去女兒之後，她對生活已經不抱什麼希望了，還不如借此機會在監獄裡頤養天年⋯⋯到那個時候，所有對現實懷有不滿卻無法採取行動的人一定會視她為英雄吧。而我呢，不過就是「罪有應得」，即便冤死了，也會繼續被釘在恥辱柱上。

不管姚老師的推理是否正確，我都要感謝她。

如果不是她一語點醒我，我恐怕到死都還天真地以為這場噩夢一定會過去的，只要耐心等待，一切都會過去的。然而等到最後，迎接我的就只有不名譽的死亡而已。

為什麼就差點忘記了呢？在遠江家的種種遭遇、聞到瓦斯味時的恐懼感、拉門時筋骨都快要斷掉的感覺、翻過陽臺時擦過耳邊的風、摔在地上後飛起的灰塵和來自右臂的劇痛，為什麼都忘記了呢？

這一切不會輕易結束的。

所以我必須反擊，抓住一切機會反擊，除此之外別無選擇。

「我該怎麼做呢？」

「我朋友已經跟那邊的編輯說明了情況，我想等他們找到那張紙之後去上海一趟，當面求他們替妳發表聲明什麼的。」

「還是我自己來說吧。」

「也好。」姚老師苦笑著說，「我也不是第一次帶我們學校的女生去上海了。」

這時，薦瑤若有所思地看了我一眼，但最終沒有開口。

「妳家長會同意嗎？」

「應該沒有什麼問題。我就說是去散散心，他們也不會阻攔的，更何況還有學校的老師跟著。」

「我又不是妳班導師。」

「姚老師要是我們的班導師就好了。」我說，薦瑤也在一旁點了點頭。

「妳們也不要太信任我，我一點也不可靠。」說到這裡，姚老師臉上事務性的笑容消失了，眼中的光芒也一下子黯淡了。「只不過在某些方面比較有經驗罷了。」

送走姚老師之後，薦瑤仍坐在我的床上，手裡還抱著那個企鵝布偶。她低著頭，臉朝向門邊，輕聲說了一句「太好了」，像是在自言自語，又像是說給那隻沒有生命的企鵝聽的。

「也不要抱太大希望，說不定找不到那張紙呢。」

「不，」她搖了搖頭，「我是說遠江她……沒有背叛妳，真是太好了。」

「妳已經接受了姚老師的說法？」

「為什麼不接受呢？」直到這時，她才抬起頭看向我這邊。只見她眼中蓄滿了淚水，隨時都有可能哭出來。「小荻，妳還不了解遠江嗎？她不可能做出那種事來的。嗯，這樣就全都說得通了，那些誣陷妳的話，一定都是她母親編造的。」

「是啊，我了解遠江……」

不如就這樣吧，我也相信姚老師的說法好了。

的確，日記裡有不少跟現實有出入的地方，例如我根本沒有催遠江還書，例如她還書給我的日子不是週五，而是週六，例如我實際上幫她寄了參賽稿。如果真的是遠江在陷害我，恐怕沒必要在這些無關緊要的地方說謊。

姚老師或許是對的，也許真的是她母親偽造了三月三十日之後的日記。這樣一來，這些細節上的謬誤就都說得通了。

更重要的是，只要相信姚老師的說法，我所熟悉的遠江也不會崩塌了。

隱藏在日記背後，那份令人不寒而慄的惡意仍盤踞在那裡，沒有消散，還在繼續侵吞我的生活。不過，倘若這惡意並不是來自我最親近的朋友，我也能好受一些，不至於太過絕望。

2

雜誌編輯部那邊意外地很有效率，兩天之後就找到了那張報名表。姚老師和我的上海之行訂在週六，說服家長也沒遇到什麼阻礙。當天往返，不必住宿，沒幾件需要帶在身上的東西，一個帆布包就裝得下。

週五晚上，姚老師特地叮囑我，叫我列印一份遠江的參賽作品帶過去。我照辦了，連同她的手稿一併裝進了包包裡。

週六上午抵達上海之後，全是姚老師在帶路。我只去上海參加過幾次書展，除了會場附近的區域，哪裡都不認識。意外的是，姚老師把我帶到一棟我去過的商廈裡，以前去參加書展時曾跟媽媽一起在那邊吃過飯。

我跟著姚老師走進了一家咖啡館，那裡似乎也提供簡便的西餐。牆上時鐘的指標已經指向了十一點半，看來要在這裡解決午飯了。

店裡看不到我這個年紀的人，也沒有人像我一樣穿著用廉價布料裁成的衣服。姚老師找了個能坐下四個人的座位，安排我坐到靠牆的沙發上。她沒有坐過來，只是把包包丟到我身邊，然後問了一句「妳想喝點什麼？」。

我沒去過星巴克以外的咖啡館，也喝不慣咖啡，可是點牛奶或熱可可又未免太孩子氣了。對著牆上用英文寫成的菜單猶豫了片刻，我最終放棄了，只好說和姚老師一樣的飲料。

然後她就去櫃檯那邊點單了。

旁邊那桌坐了兩個西裝革履的男人，聊著跟保險有關的話題。斜對面的那桌坐了個打扮入時的女人，看起來跟姚老師年紀相仿。聽說姚老師也是在上海念的大學，如果她留在上海工作，週末也會坐在咖啡廳裡，旁若無人地敲打鍵盤嗎？

她又是因為什麼，非要從這座城市逃走呢？

班上的女生大多打算離開Z市，除了像班長那樣立志考進清華北大的優等生，成績稍好的同學幾乎都以上海為目標。姚老師當初也是這樣吧？好不容易才考進了那麼難考的學校，為什麼要回Z市的母校做個圖書管理員呢？

就在我胡思亂想之際，姚老師已經拿著兩杯綠色的飲料回來了。

她在我旁邊坐下，這似乎是向姚老師提問的最佳時機。

「姚老師為什麼沒有留在上海呢？」

「租不起房子。」她一邊把吸管插進塑膠杯蓋，一邊說道，「交完房租，剩下的錢還沒有在Z市工作的收入高呢，而且都是些苦差事。我沒什麼一技之長，也沒有什麼特別想幹的工作，像現在這樣就滿好的，沒必要留在大城市打拚。」

「我還滿羨慕姚老師的，我也想做那種每天只跟書打交道的工作。」

「嗯？每天只跟書接觸嗎……」說到這裡她笑了。「任何工作都是要和人打交道的，而且有不少工作只跟人打交道，妳以後就會明白了。」

「姚老師應該還滿擅長跟人打交道的吧？」

「工作之前，我也曾經這麼以為，後來發現根本不是這樣。」

我有點渴了，想喝一口擺在面前的那杯飲料，卻又覺得那綠色有些可疑，怎麼看都不像是抹茶冰沙……

「姚老師，這是什麼飲料啊？」

「芹菜汁。」說著，她拿起自己的那杯，面無表情地啜了一口。「聽說對身體有好處。」

原來如此——我默默地點了點頭。

看來，姚老師說不定真的不太擅長跟人打交道。

我們在十一點五十分左右等到了雜誌的編輯，看來姚老師是跟他約在十二點碰面。

那是個四十歲上下的男人，半數的頭髮已經泛白了，掛在下巴上的鬍渣也有不少都褪了色。如果摘去眼鏡，可能會是一副刻薄的長相，眼鏡的圓滑邊框中和了他臉上所有的棱角，使他的氣質顯得更加沉穩，也更平凡。若不是穿了一件刺眼的夏威夷衫，應該能將自己輕易地淹沒在人群中才對。

他在姚老師對面坐下之後，遞了一張名片過來，上面寫著名字和職務：甘州／副主編。姚老師將名片收好，又介紹了我和她自己，最後問了一句，「我們可以叫您『甘主編』嗎？」

對方被這麼一問，愣了一下，然後點了點頭，說隨便怎麼稱呼他。

「大體的意思，姚老師已經在電話裡說過了，但我還是想向葉荻同學確認一下。」最低限度的寒暄之後，對方說道，「妳希望我們能出面證明妳的清白，是嗎？」

「對。」因為不知道對方了解多少，我一時不知該從何說起，「我朋友自殺了，她在日記裡說我沒有幫她寄出參賽的文稿，但我肯定幫她寄了……」

「我們編輯部的人都看過妳朋友的日記了，沒想到徵文落選會對她有那麼大的打擊。」

「任何比賽落選都會受到打擊的。」姚老師說。

「我不知道當時是哪個編輯看了她那篇文章，來稿太多了，又都大同小異，就算是我碰巧讀到了，估計也不會留下什麼印象。」

「我讓她把林遠江的參賽文章列印好帶過來了。」聽姚老師這麼一說，我立刻從包包裡取出了那篇《哀歌》放到編輯面前，然後補了一句，「我把她的手稿也帶來了。」

編輯說想先看看列印稿，又從手提包裡拿出一個檔案夾，從裡面抽出了一張紙，放在文稿旁邊。

「這是報名表的影本。」

我拿起那張紙，確認了一番。

「是妳幫林遠江寄的那張紙嗎？」姚老師問。

「沒錯，」我點了點頭，「報名表是她當著我的面填的，我有印象，就是這張。」

編輯也翻開了文稿，快速瀏覽第一頁。「嗯，題目跟報名表上寫的一致，內容也跟她日記裡描述的相符。我對這篇文章一點印象也沒有，應該不是在我手裡落選的。」

他又往後翻了一頁，仍用驚人的速度掃完了一張紙，不到一分鐘就看完了整篇小說。

「如果落到甘主編手裡，這篇文章會落選嗎？」姚老師甩出了一個有些尖銳的問題。

「她寫得滿好的，看得出來讀過不少書，而且全都消化了，能運用到自己的創作中，這很難得。但是，老實說，這篇文章不管落到哪個編輯手裡，應該都會落選的。」

「因為不符合『大人們的期待』嗎？」我替遠江問道。

他放下文稿，沉默了片刻。

「不，不是我們的，是不符合讀者們的期待。我們的工作只是替讀者選出他們想看的文章而已。」

「讀者的趣味就是評判文章好壞的標準嗎？」

「我這麼說可能會讓妳失望，但是對於青春文學來說，確實就是這樣。妳這個年紀的人裡還有人願意讀小說，已經很難得了，如果這個時候跳出幾個以『文學專家』自居的老傢伙指責他們的趣味，那就更沒有人願意看書了。」

聽到這裡，坐在我旁邊的姚老師欲言又止地點了點頭。

他繼續說了下去。「我們繼續做這個雜誌，只是為了能培養一些喜歡讀書的年輕人而已。總之先養成閱讀的習慣，至於具體是讀什麼，沒必要立刻強求。等大家長大成人了，有了一定的閱歷，自然就會開始讀些更有深度的東西。青春文學的使命只是告訴學生們，除了遊戲、影視劇、動漫和體育運動之外，還可以透過讀書來打發時間，沒必要讓它承載太多東西。」

「但是……」我只是覺得應該反駁些什麼，卻也自知說不過專業人士。

就在這個時候，姚老師替我解圍了，「大家都餓了吧，先點些吃的，一邊吃一邊聊吧。」

說著，她叫來了服務生。我吸取了剛剛的教訓，沒再讓姚老師幫我點單，而是點了跟那位編輯一樣的鮪魚三明治。

等菜送來的時候，先開口的是姚老師：

「我在大學裡修過一門講佛經的課，用一個學期讀了一遍《法華經》，裡面有一段我印象很深。是說有一樣珍寶放在一個非常遙遠的地方，一路上都是充滿危險的荒野，沒有人煙，也難以補充水和食物。一群人衝著珍寶去了，卻因為目的地太遠，看不到希望，紛紛準備退卻。就在這個時候，為他們引路的人運用法力，在半途變出了一座城池來，告訴眾人可以在那裡休息或永住。於是大家又打起精神，歷經艱險，到達了那座幻化出來的城池……」

「是《化城喻品》吧？」編輯顯然也讀過。

「好像是。」姚老師說，「我在想，這個比喻是不是也能套用到青春文學上呢？如果一開始就把那些長篇的嚴肅作品甩給學生，只會讓他們望而卻步，所以要先從簡單易讀又能引起共鳴的青春文學開始，然後，總會有人繼續前進的。」

「沒錯，這就是我們辦刊物的理念。」

「可是……」

服務生適時地送來了我們點的餐點，打斷了姚老師的話，但我多少能猜到她後面想說些什麼——可是，那終究是一座幻化出來的城池，說到底根本就不存在啊。即便是充滿善意的謊言，也仍是對讀者的欺騙，讓他們誤以為自己已經一腳踏進了文學的殿堂，以為能憑藉一股才氣在這裡闖出一片天地。可是到頭來，對他們敞開大門的，卻只是一座海市蜃樓般的幻城。

然後，在整整一代人的心目中，「文學」也隨著那座幻城一併倒塌了，從此變成了一個十足幼稚而可笑的字眼。對此，你們這些編輯不必負責嗎？

更讓我感到憤怒的是，即便在這座幻化出來的城池裡，也沒有屬於遠江的尺寸之地。

用餐中，我本想再問問這篇《哀歌》為什麼無法滿足讀者的期待，姚老師卻跟那位編輯聊起了工作上的事情，我不想打斷他們，也插不進話，就默默地吃著三明治。等服務生把空盤端走之後，編輯又提起了有關遠江的話題。

「妳和林遠江不是朋友嗎，她為什麼要陷害妳？」

「我也想不通，姚老師說日記的後半部分可能是遠江她母親偽造的。」

「只要有足夠的樣本，採用拓寫的方法，要偽造筆跡一點也不困難。」姚老師替我解釋說，「大多數的字都能在前半部分的日記裡找到，找不到的也可以用偏旁部首來拼湊。而且林遠江的字非常有特點，就算不用拓寫的方法也不難模仿。」

「但是每個人用筆的習慣不太一樣吧？就算字形寫得一模一樣，起筆收筆的習慣也好，筆壓也好，一做筆跡鑑定就會立刻暴露了。」

「只要不做筆跡鑑定就好了。日記正本在林遠江的母親手裡，只要她不提交給警方，就做不了筆跡鑑定了。而拍照上傳到網路上的版本，大家只能看到字形，根本無從判斷是否出自林遠江的手筆。」

「姚老師真不愧是那位推理作家的朋友。」編輯笑了笑，看樣子沒把姚老師的猜測當成一回事，「關鍵是，有什麼證據支持妳的猜測嗎？」

「沒有，日記裡有一些跟事實相違背的地方，葉荻是否幫她寄出了參賽稿就是其中一例。但是，這也不能用來證明日記是偽造出來的，也許只是林遠江說謊的技術太差了。不過我在意的不是這個。不管日記是不是林遠江寫的，至少我從中看出了一個結論，那就是葉荻是被誣陷的，她沒有做過那些傷害林遠江的事情——只要能證明這一點，還葉荻一個清白就可以了。至於究竟是誰、出於何種理由陷害她一類的問題，暫時不必過問。」姚老師說到這裡，稍稍停頓了片刻，「所以需要你們編輯部的說明。」

「可以是可以，姚老師都把話說到這個份上了，我們也不可能見死不救啊，但是只有報名表肯定是不夠的。」

「嗯，我也知道只靠一張報名表肯定不能翻盤。」

「這件事對我們來說也有一定的風險。萬一處理不當，可能也會損害雜誌社的名聲。」

是啊，有可能讓你們揹上跟我串通一氣的汙名。

畢竟，要偽造這一張報名表實在太容易了。反正已經有人給我貼上了「官二代」的標籤，反正在他們看來，利用權力對一個雜誌編輯部施壓應該沒什麼難度……

「我明白了。」姚老師若有所思地點了點頭，「一張報名表不夠分量的話，就把那篇參賽稿也一起公開吧。最好再放上一張手稿的照片，這樣就顯得更可信一些了吧？雖然就邏輯而言，附上這些東西也不能證明什麼，但是在觀感上，顯得好像多了很多證據一樣。」

「嗯，我覺得可行。」

「這樣真的好嗎？」反倒是我猶豫了起來，「要發表遠江的遺作，是不是得徵得她母親的同意……」

「這確實是個問題。」編輯皺了皺眉，又用右手扶了扶眼鏡。「不過，她把這篇文章投來參賽，也就相當於投稿了，登在雜誌上應該沒什麼問題。而且報名表上寫了她的地址，我們可以透過郵局把稿費匯給她，但是直接貼在網路上就不好說了。」

「那就替她發表在雜誌上吧。」姚老師說，「就當作是完成她生前的願望了。」

「如果葉荻同學覺得可以的話……」

本來就是我要求人家幫忙，對方已經答應了，我又怎麼可能拒絕呢？

「那就全都拜託您了。」我從包包裡再次拿出那幾張列印稿，猶豫了片刻之後，把遠江的手稿也一併拿了出來。

他拿起那疊列印稿，放進了自己的手提包裡。

「手稿還是妳留著吧，我拍個照就好了。」說著，他拿出手機對最上面的那張紙按下幾次快門。然後把手稿重新對折好，還給我。「我跟主編商量一下，明天加個班，應該能趕上下週五出刊。到時候我們會用官方帳號，把報名表和手稿的照片發布在網路平臺上的，希望能幫到妳。」

和雜誌編輯分開之後，姚老師說想順便去福州路一趟，還說以前經常跟朋友一起去那邊的書店。遠江出事之後，我就再也沒去過書店，連自己書架上的書也不碰了。原本用來讀書的時間，不是浪費在上網看別人如何咒罵自己，就是在無謂的苦惱和感傷中度過了。

可是，跟著姚老師走進一家擠滿人的書店後，還是感到胸口很壓抑，一連深吸了幾口氣，仍覺得有些缺氧，手腳也麻木了起來。姚老師也察覺到了，帶我走出那家店，穿過馬路，到了一家客人少一些、專賣美術書的店裡。

「想起林遠江了嗎？」她一邊從最近的書架上抽出一本埃貢・席勒的畫集，問了一句。

「以前跟她一起去過書店。」

她把那本畫集隨便翻到中間的某一頁，看了幾眼，又插回架上。

「我看她在日記裡也有寫到了。」

「姚老師。」我盡可能把聲音壓低，生怕被我們身後來來往往的客人們聽到。「我到底該不該相信您的判斷呢？」

「我的判斷？」

「日記……後面那些日記是遠江的母親偽造的……」

「該不該相信我要妳自己去判斷啊，我總不能命令妳『妳必須接受這個結論』吧？」

「遠江是我最好的朋友，我應該相信她才對，應該相信她不會做出傷害我的事情，所以也應該接受您的說法——遠江是無辜的，一切都是她母親的伎倆……但是我……心裡還是很不安。我還是在懷疑遠江……無法再把她當成最好的朋友信任了……因為我發現自己不了解她……」

「為什麼說自己不了解她呢？」

「不了解就是不了解啊。」連我也察覺到自己的聲音變得沙啞了。「我連她為什麼要自殺都想不通……她那天下午明明還跟我有說有笑的，為什麼突然就……」

「我明白了。」姚老師嘆了口氣，「妳覺得自己被林遠江背叛了兩次，第一次是她的『不告而別』，第二次才是日記裡那些誣陷妳的話。即便那些話不是她寫的，妳還是不能原諒她，是這樣嗎？」

我點了點頭。

真是諷刺啊。這一個多月以來都沒能釐清的思路，竟然被姚老師一語道破了。

「人與人相處就是這樣的。面對別人的時候，就像面對一個個望不到底、黑壓壓的深淵。當然，別人面對妳的時候也是一樣的。我經常有這種感覺，妳最信任的人也有可能做出遠遠超出妳預想的行動，而妳任何一個未經深思熟慮的言行都有可能傷害到別人。深究別人的想法，就像把兩面鏡子面對面擺在一起，永遠也看不到位於最深處的虛像。猜忌了半天都是白費工夫，還是早點放棄為好。」

「姚老師，您又開始說教了。」

「誰讓我是老師呢，雖說只是圖書室的老師。」她苦笑著說，「就像剛才我們遇到的那位副主編，妳覺得他為什麼願意幫我們呢？」

「為什麼呢？」

因為進展太順利，我竟然一時以為得到幫助是理所應當的。

「他的話已經說得很明白了，說這件事有風險，可能會損害雜誌社的名聲。這些話背後的意思就是，這件事必須有讓他們承擔風險的價值才行。」

「什麼價值？」

「他們想要林遠江的那篇參賽文章。雖然有點晚了，但大家還沒把這件事完全忘掉，林遠江的事情鬧得最火熱的時候，網路上有不少人討論到他們辦的徵文比賽，如果這個時候在雜誌上登出林遠江的參賽文，一定能博得不少人的關注。相當於蹭了個熱度，做了免費的宣傳。」

「所以當時您立刻提出說可以把遠江的文章刊在雜誌上……」

「讀書人都很要面子的。這種事情，還是由我們這邊來開口比較好。」

「您是不是想太多了？也許對方只是單純地想幫我而已。」

「但願是這樣吧。」她說，「真羨慕妳還能像這樣帶著善意揣測別人。」

「您會帶著惡意來揣測我嗎？」

「當然不會了。雖然跟妳接觸得不多，但我已經確信了，妳是個好人。」

「姚老師……」

話到嘴邊，忽然有點想笑。

明明就在一兩分鐘之前，鼻子還酸得要命，眼淚也要流出來了，但我要說出口的這句話真是太好笑了，讓我一時間忘記了面對他人的無力感，忘記了遠江至少一次的背叛，也忘記了這一個多月來的煎熬。

「您也是個好人。」

3

「對了，日記裡還有什麼跟事實相衝突的地方，都可以調查一下，說不定還能找到像報名表這樣的證據。」

在火車站坐上開往不同方向的公車之前，姚老師和我說了這麼一句話。所以回到家之後，我又把日記的後半部分反覆讀了幾遍。

我在三月三十日催她還書一事雖然有悖於事實，卻不可能留下什麼物證，另一個最明顯的漏洞則是遠江把書還給我的日期。我記得那天下著雨，她是在商場一進門的地方把書還給我的……

——還書的那一幕說不定被商場的監視器拍了下來！

為什麼沒有早點想到呢？過了這麼久，當時的監視器畫面應該早就被刪掉了。

就在我為此懊喪不已的時候，薦瑤打電話過來了。聽了我的這些想法，她安慰我說不要想得太悲觀，總之先去問問看，還說願意陪我一起去。

我們約在週日下午兩點到商場門口碰面。

以往總會遲到二十幾分鐘的薦瑤這次比我還早到。就在我煩惱著如何向保全開口的時候，薦瑤向我展示了她精湛的演技。她告訴保全說，自己最近幾個月被人尾隨跟蹤了，想向警方求助，苦於找不到證據，忽然想起一個月前來過這個商場，當時的監視器可能拍到了跟蹤狂的長相。

保全說要去幫她問問負責監控錄影的同事。在他離開的期間，我誇獎蔫瑤有做演員的天分，結果挨了她一記粉拳。

只可惜，保全回來之後告訴我們錄影只保留兩週，現在已經來不及了。

失望之餘，我跟著蔫瑤走進了旁邊的咖啡館。

「妳在這裡請遠江喝過咖啡，對吧？」在一個角落的位置坐好之後，我說。

「是啊，還聊起妳呢。」

「她在日記裡說妳喜歡議論別人，是不是就是因為這個呢？」

「那我真是被冤枉了。遠江還活著的時候，我沒什麼跟別人議論過她。」蔫瑤把領取飲料要用到的票據對折再對折，最後攥在手心裡，「反倒是妳們，有沒有在背後議論過我呢？」

「沒什麼印象了，就算有過，也不是我挑起的話題。」

「這我倒是相信。」

就在這個時候，櫃檯那邊的服務生念了我們的號碼，蔫瑤一邊站起來，一邊把那張疊成小方塊的票據攤開，一路小跑過去拿飲料來。這時，我忽然想起遠江曾有一次跟我聊起蔫瑤過。等她坐下來之後我才開口：「我想起來了，她有一次問過我妳為什麼那麼喜歡動漫。」

「妳怎麼回答她的呢？」

「忘了，可能隨便應付了一句。妳喜歡一樣東西的理由，我怎麼會知道呢？」

「看來她是對我的愛好頗有微詞。」

「那倒也沒有。她就是覺得，動漫作品裡的角色都有點不現實，有的還不太像人類。」

「嗯？指的是那種每句話後面都要加個『喵』來賣萌的角色嗎？」

「她說裡面的人物對各種事情的反應都太誇張了，也太直接了，而且很模式化。現實中的人總會掩飾一下自己的真實想法，不會那麼原原本本地表現出來。」

「我可能就是喜歡這一點吧。如果所有人都直截了當、簡單易懂就好了，總要猜測別人的想法、分析別人的性格不是很累嗎？」

「確實很累。」我近來倒是深有體會。

「妳和遠江喜歡看的那種小說，讀起來也很累的。字裡行間都透露著各種資訊，每個角色都話裡有話，他們的性格也複雜多變到需要寫論文來分析的程度。平時跟那麼多人打交道就已經很煩了，讀本書消遣一下，又何必再體驗這種麻煩呢？」

「遠江平時又不怎麼跟人打交道。」當然我也一樣。

「這倒也是。而且我發現，」薦瑤說，「在現實裡的人，也不是真的都像小說裡寫得那麼難懂，大多數的人反倒跟動漫角色有點像。雖然動作、表情不會那麼誇張，但大都可以被簡單歸類。」

「妳是什麼類型的？」

「『宅女』，不過是比較擅長跟同好交流的那種。」

「我呢？」

「教科書般的文學少女。」

「那遠江呢？」

「也是文學少女，只不過比妳更孤僻些。」

「妳這個分類好像也沒什麼意義啊，我和遠江顯然不是同一種人。」

「或者說，妳比較知性，她更加感性一些。」說到這裡，她就像每句話都以「喵」結尾的動漫角色一樣驀地撲倒在桌上，差點把手邊的咖啡撞倒了。「我放棄了，實在編不下去了。」

我摸了摸她的頭頂，然後默默地喝完了那杯奶昔。

「能再陪我一下嗎？」我說，「我想去學校那邊一趟。」

「我沒問題。」

薦瑤挺直了腰板，盯著我看了幾秒鐘，她眼中有少許的不安。或許在薦瑤看來，儘管現在是週末，我這個休學在家的人還是不要去學校附近為妙。

然而，我卻有非去不可的理由。

我從包包裡拿出了那本遠江還給我的《尼各馬可倫理學》。

「日記裡說，這本書是她從學校附近的書店裡偷來的。如果真的是這樣，那就是贓物了，我覺得得把它還回去。」

聽我說完，她嘆了口氣。「真是服了妳了，我剛想起來之前跟遠江說起過，她好像還寫到日記裡了——小荻，妳的『屬性』不是文學少女，而是那種一板一眼型的角色，動畫裡的班長、學生會長、風紀委員基本上都是妳這種類型的。」

「我這種人在動漫作品裡也會被班上的同學欺負吧？」

薦瑤想了一會兒，可能是在檢索大腦裡的資料庫，而她的結論是「好像真的是這樣」。

學校附近的那家書店主要經營教材，也兼賣文具。文學和學術類的書也擺滿了一整排，但更像是為網路商店而準備的存貨，新書舊書混雜地擺在一起，依品項訂折扣。以前放學後來這邊，還遇到過姚老師。當時她拿著一本破舊的詩詞注本去結帳，還跟店主說那本書已經放了十幾年都沒人買，怪可憐的。看樣子在她念高中時，這家店就已經開在這裡了。

來到店門口，心跳頓時快了起來。我不知道店主是否關注了那些新聞，如果關注了，又是如何看待我的。

雖說我也曾是這裡的常客，但也只是經常到這邊來站著看書而已，只有那麼兩三次會真的掏錢買書。所以就算他記得我，只怕也不會是什麼好印象。

萬幸的是現在店裡沒什麼客人。見我一臉不安地站在店門口，薦瑤拍了拍我的肩膀。我和她一起走進了店裡。

進門朝左轉就是櫃檯，一個年輕的店員正坐在那裡，對著一張單子敲打鍵盤。我們湊到前面，他也沒有把頭抬起來。

裡。

我之前見過這個店員幾次，他不是在填寫快遞單，就是為快遞打包。平時都是店主坐在櫃檯裡。

「你們老闆今天不在嗎？」我問他。

「他去進貨了，估計得六點之後才回來。找他有什麼事嗎？」

「有本書想還給妳們。」

「我們這裡又不是圖書館，還給我們幹什麼？」說到這裡，他像是忽然想到了什麼，有些懶散地點了點頭。「是不是書有什麼品質問題想退換？」

「不是。」我從包包裡拿出那本《尼各馬可倫理學》。「這本書是我朋友從你們這裡偷來的，我想替她還回店裡。」

他將信將疑地把書接了過去，端詳片刻之後放在桌上，然後把書名敲到電腦裡。

「我們沒丟過這本書。」

「沒丟過是指……」

「妳是不是搞錯了？我們店裡一月進過一本書，四月賣掉了。記錄都在這裡，肯定不是從我們這裡偷的。」

不是從這裡偷的？遠江在日記裡明確說是跟我一起去過的書店，那就只可能是這家了……

我忽然明白了，從店裡偷書也是編造出來的故事。

除去最後一天的「霸凌」之外，偷書的情節是日記裡最富於戲劇性的部分。如果能證明這個情節只是杜撰，整本日記的可信性無疑會大打折扣。

如果書店的人願意替我做證的話，就又能戳穿日記裡的一個謊言了。

「四月幾號賣掉的？」

「我看看啊……七號。」

七號……七號……七號……

「七號是週幾？」薦瑤替一時失語的我問道。

店員一臉不耐煩地咂了咂嘴，點了幾下滑鼠，然後回答說「週五」。

沒錯，四月七日，週五，正是日記裡說被我勒索的那天。

「是中午賣掉的嗎？」我問。

「是中午，一點十二分。怎麼了？」

原來如此，遠江是在週五中午買到了那本《尼各馬可倫理學》，所以才會在週五放學時約我在第二天見面，說要把書還給我。

根據這條銷售記錄，我終於能揭穿日記裡最後的，也是最過分的那個謊言了。

按照日記的說法，遠江是在午休時把三本書還給我之後遭到了勒索。如果她在一點十二分才買到這本書，距離打預備鈴只有十幾分鐘，她要是立刻趕回來，倒是來得及把這本書連同另外兩本一起還給我，但剩下的時間根本不夠讓我們發生那麼多對話，更不夠她一個人在後院「默默地哭泣」。

也許會有人反駁說，在這家店買下那本書的人不一定是遠江。的確，嚴格說來也有可能不是她，但是日記裡提到的偷書地點是「之前跟α一起去過的書店」，而在剛放寒假時的日記裡，明確寫到了「和α一起去了學校附近的書店」。學校附近的書店就只有這一家。不論如何，偷書的情節一定是謊言，而日記裡杜撰的偷書地點，那段時間又正好賣掉了一本《尼各馬可倫理學》，這未免太巧了。

如果把這些證據擺在公眾面前，除了少數以吹毛求疵為樂的「理性派」，其他人恐怕都會信服的——日記裡充滿謊言，我遭到了誹謗中傷。

薦瑤顯然也意識到了這一點，她拿出手機，問店員能不能對銷售記錄拍張照片。對方面露難色，說需要請示店主，又問了一遍「到底怎麼了？」。這不是三言兩語就能解釋清楚的事情，但也只能盡力去解釋了。

「我朋友自殺了，她在日記裡說從你們店裡偷了這本書，我們想證明她的清白。日記裡還說我在四月七號午休時欺負了她，我們也想證明我的清白。」

然而，那位店員並沒有了解來龍去脈的興致，他的答覆只是「不如等我們老闆回來，妳們直接和他談吧」。

看來也只好這樣了。我抱起那本書，又道聲了謝。和薦瑤一起離開書店之後，我立刻撥通了姚老師的電話，號碼是她前幾天來我家做客時給我的。

聽到這個消息，姚老師先說了句「太好了」，沉默了一會兒又補了一句「是不是有個成年人出面比較好？」。這個「成年人」的最佳人選，當然就是她自己了。

「姚老師方便過來嗎？」

『我過去要四十分鐘，妳們要等我嗎？』

「店主回來要兩三個小時呢。」

『那就找個地方坐下來等吧。』姚老師提議。

我和薦瑤商量了一下，決定去附近的速食店坐到晚上六點，也跟姚老師說在那邊碰面。

掛斷電話，我總算鬆了一口氣。有姚老師在就不必擔心了，她跟店主是多年的老相識，說服對方應該沒什麼難度。然後讓媽媽聯絡北京那邊的媒體，讓他們報導真相就好了。網路上那群等著看「反轉」的人自然會擴散這個消息。同時，雜誌編輯部那邊也會替我做證，證明日記裡的謊言遠遠不止一處……

轉機來得太輕巧，我心裡一點實感也沒有。

過一會兒見到姚老師，我一定要好好感謝她。若不是她的來訪，我很可能會繼續困守在房間裡，不敢踏出家門一步。儘管直到現在，我都還沒能完全接受她的那個假設。

站在路口等紅綠燈變綠時，有個穿著我們學校制服的女生站在我旁邊，馬路對面也有兩個身穿制服的男生在等。過一會兒坐在速食店裡，恐怕會遇到更多學校的人。但我已經不在乎了，就算被認出來也無所謂，被議論也無所謂，那至少說明還有人關注著這件事，到了下週，他們也不會錯過這件事的最新進展。

忽然，有一陣急促的腳步聲從我身後傳來。現在又不是綠燈快要變成紅燈的瞬間，何必那麼著急呢？我正詫異著，忽然意識到自己一時忘記了什麼。

——姑且不論那究竟是出於仇恨還是算計，那個人還沒打算放過我。

我還來不及閃避或回過頭去，就有一雙手在我背後猛推了一把。

急剎車的聲響從我耳邊擦過，然後是薦瑤的尖叫聲。

幸好我很快就失去了意識，並沒有覺得特別疼痛。

4

我和遠江各撐著一把雨傘，在橋中央，面對著欄杆和渾濁的河水，並排而立。就是那座我週六送她回家時一定會經過的橋。

雨滴綿密得讓人透不過氣來，遠處還隱隱能聽到雷聲。

我仍然撐著那把用了好多年的折疊傘，傘骨已經扭曲生鏽了，卻一直捨不得扔掉。遠江平時是騎車上下學，我幾乎沒見過她用雨傘的樣子，此時正為她擋雨的，是把鮮豔得有點大膽的紅傘。傘翼很大，就算在下面站三四個人也不成問題。

「妳應該有很多話想問我吧？」

因為各自撐著傘，我們離得有點遠，她的話音穿過雨幕和沉重的空氣傳到我耳中時，已經變得像病危病人的呼吸聲一樣微弱了。

可是我知道她說了些什麼。

「想問的太多，反而不知道該從何問起了。」我說，「那些誣陷我的話，是妳親筆寫下來的吧？」

我用餘光瞥見她點了點頭。

「果然是這樣。姚老師懷疑是妳母親在陷害我，但是我一直有個感覺，那些話一定都是妳寫的。雖然裡面有那麼多和事實相出入的地方，如果真是妳的手筆，說謊的水準未免太拙劣，但我還是相信那就是妳寫的。」

「也是啊，妳是最了解我文風的人。」

「嗯，比任何人都了解。」說出這些話的時候，我心裡意外地沒有泛起任何波瀾，平靜得就彷彿是在念天氣預報。「也比任何人都喜歡。」

「說不定我比妳更喜歡呢。」

「妳不是那種自戀的人，妳在日記裡反而寫了那麼多自虐的話。」

「我也想不通，為什麼會有這麼矛盾的想法。」她朝我這邊看了一眼，「自從妳們勸我寫小說之後，讀書變成了一件很折磨人的事情。看到那些經過時間淘洗留下來的經典作品，我真的很難受。那些作家為什麼寫得那麼好，我很羨慕他們，也怨恨自己。但是，如果只看自己寫的東西，又會陶醉在裡面，誤以為自己真的寫出了什麼了不得的東西。現在回想起來，連我自己都覺得很噁心。」

「抱歉，這種感覺我體會不了。」

「所以我才很羨慕妳啊。只是享受閱讀的樂趣，不會因為動筆寫東西而一再受到屈辱——明明勸我動筆的就是妳。」

「這就是妳怨恨我的理由嗎？」我轉過身，面對著遠江。「我跟薦瑤一起勸妳寫東西，但是她也在寫小說，也受到了挫折，所以妳不怨恨她，是嗎？」

「方薦瑤這個人還滿好懂的。明明她是自己想投稿給校刊，想去參加徵文比賽，卻硬要拉上我，我從一開始就看出來了。不過，妳既然讀了我的日記，應該會明白才對。」她停頓了片刻，眼睛仍直勾勾地盯著幾公尺之外的霧氣。「我並沒有那麼討厭妳啊。」

「那妳為什麼要陷害我呢？」

「我確實說了謊，但那不是為了陷害妳。我也知道這麼做會傷害到妳，把妳的生活搞得一團糟，還會把那個老女人也捲進來。但是這不是我的目的，只是一種『手段』罷了。」

原來如此，原來讓我遭遇霸凌，讓我休學在家，讓我名聲掃地，讓我整日沉浸在悲憤和猜疑裡，最後還讓我橫遭毒手，都是只是一種「手段」——只是順便而已，這遠比出於怨恨而處心積慮地陷害我更糟糕。

遠江只是出於別的目的，「順便」踐踏了我的人生。

原來在她眼裡，我非但不是朋友，連仇敵也算不上，只是像鋪路的石子一般的存在，至多也不過是一顆射向別人的子彈。

如果她要報復的目標不是我，那就只會是那個人了。

「我明白了。」對於這個答案我唯有苦笑，「妳這麼做，是為了讓妳母親成為字面意義上的殺人凶手，對嗎？她把妳逼上了絕路，一定會被貼上『殺人凶手』的標籤，但那只是一種比喻，妳想讓她受到應得的懲罰——因為殺人的罪名而被逮捕，所以才陷害了我，是嗎？因為妳知道，只要留下那樣的日記再自殺，妳母親一定會報復我的。」

「不是的。」她搖了搖頭，「我的確很恨她，但是事情發展到現在這一步已經超出我的預料了。我真沒想過她會對妳動手，我以為她只會聯絡媒體，然後公開我的日記。」

「妳特地在日記裡寫了我的名字……」

「對，妳的名字真的是我特地寫上去的。只要寫妳的名字，那個老女人就一定會公開我的日記，因為日記裡白紙黑字地寫著『凶手』的名字，這是決定性的證據。」

「妳希望別人看到自己的日記？」

「為什麼不希望呢？寫都寫了，沒有人看到豈不是太可惜了。」說到這裡時，遠江的嘴角微微揚起。我不想把它理解為勝利的微笑，卻也想不出其他的解釋。「我在日記裡還提到了校刊的事情。如果日記被全文公開了，就一定會有我們學校的人把我發在校刊上的文章也傳上網路上，還有就是那篇參賽文……」

「所以妳在最後一天的日記裡寫我威脅妳的時候，特意提了一句徵文的事情，對嗎？」

「是啊，這樣一來，即便那個老女人只公開了最後一天的日記，大家也一定會注意到徵文的事情。」

「而且那是句徹頭徹尾的謊話。妳明知道我替妳寄出了文章和報名表，就一點也不怕我戳穿妳的謊言嗎？」

「戳穿了豈不是更好嗎？如果雜誌編輯部那邊還保留有《哀歌》的列印稿，他們為了替妳做證，一定會公開全文的。即便他們那裡沒有，妳手裡也有我的草稿。妳為了自證清白，也很有可能在公開郵寄記錄的同時，把文章也一起公開。如此一來，日記、發在校刊上的文章、參賽文，我升上高中之後寫的所有東西就都會被人讀到了。只是很可惜，週記本被那個老女人撕了。」

「這就是妳的目的嗎？為了讓自己寫的東西被更多人看到……就為了這種理由陷害了我？」

「妳要是覺得這個理由還不充分的話，我可以繼續往下編。」

「不，已經很充分了。」反正我已經明白了，我的感受也好，名譽也好，乃至是我這條命，在遠江看來根本就毫無價值，可以隨意踐踏。所以不管她給出的理由多荒誕不經或是微不足道，都能讓我信服。「妳的目的已經達到了。」

「我確實想讓更多人看到自己寫的東西，但不止是這樣。」

「我明白，肯定不止是這樣。」我再次苦笑了起來，「妳想讓他們看到妳的全部——妳的人生、妳的死亡、這起事件本身，妳都希望能被大家看到。而妳的日記也好，小說也好，都只是副產品罷了。」

「畢竟，過了十幾年那樣的生活很難受的……從五樓跳下去也很難受。我活得這麼辛苦，又死得這麼難看，不該被更多的人知道嗎？」

「為此非要陷害我不可嗎？」

「嗯，非要陷害妳不可。高中生自殺的新聞太常見了，更何況說不定還會被當成意外報導，誰都不會注意到的。」

「但是校園霸凌的新聞也並不罕見吧？」

「也不罕見，妳說得沒錯。我的死，不管是因為家庭的壓力還是因為朋友的背叛，其實都再平常不過了，甚至無法成為茶餘飯後的話題。我們這個年紀的人死了，真相總歸是很俗套的。既然如此，那就在過程上做些文章吧，讓我的死變得更複雜一些，給人一點猜測的空間——我就是這麼想的。」

看來，遠江的確有寫作方面的天分，只不過她把這個天分用錯了地方。

「我發現，相比真相，大家希望看到的是『反轉』。」遠江輕描淡寫地說，「就像姚老師喜歡的推理小說一樣，沒有『反轉』就很難成為經典。一條社會新聞也是一樣的，如果直接給出真相，不管故事多麼有衝擊力，也不會讓人留下太深的印象，熱度也不會持續太久。只有不停地『反轉』，才能一直被關注。所以我特地準備了幾個再明顯不過的漏洞，就是為了給妳反擊的機會。」

「那還真是讓妳費心了。」

「起初只是高中生自殺的新聞，然後由我母親甩出校園霸凌的『真相』，再由妳戳穿這個謊言，到最後也沒有人能理解我為什麼要這麼做，只能一直猜下去——這樣的劇情不正是大家最喜聞樂見的嗎？」

「可惜這個故事沒能按照妳的劇本發展下去，一下子就變成了最狗血的復仇劇。」

「也沒有偏離太多。那個老女人一旦對妳下手，警方就會介入調查，然後，他們一定會發現妳並沒有勒索過我，一切都是我的謊言。這個真相被公開之後，還是會引起大家的討論，因為這件事情裡自相矛盾的地方太多了，不可能輕易得出結論的，他們還能繼續討論一段時間……」

「妳錯了，遠江，妳把別人想得太笨了——也可能是想得太聰明了。說到底，誰也不會在妳身上浪費時間的。要為妳製造的謎團找個合理的解釋，其實再容易不過了，我現在就可以說出一個能讓所有人信服的真相。」說到這裡，我深吸了一口氣，「妳有受害妄想——一切都是妳的妄想，自己信以為真，就寫進了日記裡，這是所有人都能接受的解答。」

「的確……」

「不管妳是出於怎麼精心的算計、抱著怎樣的決心或惡意寫下了那些誣陷我的話，只要為妳貼上『受害妄想』的標籤，妳的苦心就會被一筆抹殺掉。沒有意義的，妳臨死前編造出來的那些謎團，那些自相矛盾的證據，根本難不倒活著的人。大家會立刻忘記妳的，以後學校裡的人談起妳，也只會覺得妳『腦子有病』。這就是妳想要的結果嗎？」

「就算是這樣也已經足夠了。相比只出現在地方報紙的一個小角落，事情鬧到現在這一步也已經足夠了。」

「犧牲了自己的性命，還把我也牽扯進來，換來的只是一度成為輿論的焦點，然後被永遠忘掉，妳很滿足嗎？」

「那妳告訴我，我到底是為了什麼才出生，又為什麼受了這麼多苦，究竟是為了什麼呢？至少做了一次新聞焦點，也為活著的人布置了一些謎團，我就可以騙自己說我的出生也好，痛苦也好，並不是毫無意義的——我就是為了在最後的最後被成千上萬的人關注才出生的，就是為了這樣的一場表演才忍受到現在的，否則的話……到底是為了什麼啊……」

「妳的人生還根本沒開始，妳遲早會離開那個家的，為什麼不再堅持幾年呢？」

「沒用的，小荻，真的沒用的。什麼人生根本還沒開始，什麼遲早會離開那個家，這種場面話我早就不信了。我活下去，只有一種可能性，就是變得跟那個老女人一模一樣。不管妳相不相信，我很清楚，自己一定會變成她那樣的。她也不是從一開始就是這個樣子，國中時我碰巧聽親戚談起過，聽說她國中時成績還不錯，但外公外婆死活不讓她讀大學。高中畢業時有個去上海當銀行職員的機會，他們也不讓她去，非要她留在Z市，去一家效益不怎麼好的工廠上班。

她在那裡交了個男朋友，也被拆散了，最後跟外公外婆安排的對象結了婚。聽說我父親人很老實，我外公外婆卻總嫌他賺得太少，非要他下海經商。我父親不是那個料，丟了工作又賠了錢，結果他們翻臉不認人，讓我媽跟他離婚，然後留下了我這麼一個累贅。他們把她的生活都毀了，到頭來，還總是拿她跟她的同學比來比去，說什麼『人家都事業有成、家庭和睦，再看看妳』。

外公外婆是在我小學的時候去世的。我還依稀記得，小時候每次跟那個老女人一起回去，他們一直在訓她，挑她的不是。這就是我的未來——我逃不出這個詛咒的，以後一定會變成她那個樣子的。就算拚命學習又有什麼用呢，萬一那個老女人不許我報考Z市之外的大學，考再高的分數也是白費。就算我讀了大學，她也一定會干涉我的婚姻吧？可是，等我到了三十歲還嫁不出去，還不是一樣要整天罵我。我真的不敢想像自己變成她那副樣子——但我一定會變成她的。」

「妳要這麼想是妳的自由。對不起，我說服不了妳。如果妳早點告訴我這些，在我們還是朋友的時候告訴我，我會跟妳一起想辦法的，想想要怎麼逃出妳母親的控制、如何更有策略地爭取自由，我肯定會盡我所能幫助妳的，但是現在已經太晚了。」

「妳的確幫了我，是妳幫我下了決心。我早就受夠了，但就是鼓不起那個勇氣來。」她把頭扭向另一邊，「為了買本新書還給妳，我偷了家裡的錢，那個老女人遲早會發現的。很可笑吧，我就是因為這種理由才下了決心。而且，妳發現書變成了新的，一定會問我原因，我也不知道該怎麼面對妳。我後來越想越覺得委屈，妳有整整一書架的書，而我卻要為了買一本書還給妳，冒這麼大的風險，那個老女人一定不會放過我的……」

「到頭來妳還是恨我。」我說，「妳就說把書弄丟了，我肯定會原諒妳的。」

「是啊，妳肯定會原諒我的。但是，我到底做錯了什麼呢？有那樣的家長，也不是我的責任啊。明明沒做錯什麼，卻要低聲下氣地懇求妳的原諒，這未免太不公平了。」

「對不起。」

「為什麼要向我道歉？明明是我害了妳。」

「我如果早點注意到就好了。」

「沒用的，我最害怕的就是被妳知道我在那個家裡過著怎樣的生活，都上了高中，還會被家長像小學生一樣管教，我根本不希望妳察覺到。」

「那我到底該怎麼辦才好呢？試圖去了解妳，就會傷害到妳。裝作什麼都不知道，就根本不可能幫妳，到頭來還是被妳憎恨。我到底該怎麼做，才不會讓事情變成現在這個樣子？」

「當初不來跟我搭話就好了。為什麼不讓我一個人在教室一角自生自滅呢？」

「沒有別的辦法了嗎？」

她沒有回答我，而是先把傘柄搭在肩膀上，朝我這邊轉過身來，和我對視了幾秒鐘之後才搖了搖頭。我在她眼中看不到絲毫的悲傷和憤怒，我看著那張熟悉的臉，卻像在美術課上觀察著一個擺在桌上的石膏頭像。

「時候不早了，我送妳回去吧。」

說著，她從我身邊繞過，朝橋的一頭走去。雖然不知道會被遠江帶去哪裡，我還是習慣性地走在她身邊。

在我的記憶裡，那是通往市立圖書館的方向，商業區也在那邊。以往就算下著雨，也能看到和舊城區格格不入的高樓，現在卻只有霧氣環繞著整座橋，遠處的一切都彷彿不存在。

橋上一輛汽車也沒有，只有我們兩個行人。雨點仍像那天的一樣焦急，然而我和遠江再也不可能同撐一把傘了。

「代我向姚老師問好。」

快要走到橋頭的時候，遠江說了這麼一句話就止步不前了。我卻沒有跟她一起停下腳步，一個人走到迷霧的邊緣，雨傘的前半部分隱沒在霧氣之中。我趕忙轉身，只見遠江仍站在原地。

她沒有向我揮手告別，只是輕輕點了點頭。

她轉過身，朝著橋的另一端走去了。

我本想目送她走完全程，眼皮卻越來越沉重，才看著她走出幾步，就徹底閉上了。

起初，她的背影還烙印在我一片漆黑的視野裡，幾秒鐘後也蕩然無存了。等我再次睜開眼，看到的就只有一面慘白的天花板。

我感覺到有淚水從眼角滑向耳邊。

這應該是我最後一次為遠江流淚。

尾聲

據醫生說，我的傷完全康復要三個月。如朱老師所願，我必須休學至新學期開學了。手術後第二天，她也象徵性地來看過我一次，然後就再也沒出現過了。在那之後不久（一直躺在床上，時間觀念也有些模糊了，應該是一週之內的事情），我的汙名總算被洗清了。

因為遠江母親的殺人未遂，警方介入了調查。他們不僅確認了書店的銷售記錄，還在那本書上查出了店主的指紋，證明遠江就是在四月七日中午從那家店買下了它。這些調查結果已經公諸於世，再也沒有人相信日記裡的謊話了。

不過，警方的調查帶給我的也不都是好消息。

經過嚴格的筆跡鑑定，警方已經證實那本日記從頭到尾都是遠江親筆寫下的，這也就意味著姚老師的「偽造說」不攻自破了。

我的直覺沒有錯，是遠江在說謊陷害我。

至於理由，仍是個謎。

我沒有把那天夢到的「解答」說給任何人聽。畢竟那只是個夢，我夢到的遠江也只是存在於我的記憶和想像中的她，夢中她所描述的她母親的過去，也像是把我一個親戚的經歷，和我曾在書裡讀到的故事雜糅在一起。至於那個答案，也只是我自己的答案——它可以說服我，但我不指望用它說服任何人。

聽薦瑤說，網路上的人並沒有往「受害妄想」的方向去想，而是一致認定遠江嫉妒我有個美滿的家庭，也嫉妒我家相對寬鬆的教育。這是他們的答案，能說服他們自己，那也就足夠了。

而我現在，更關心的是姚老師還會提出怎樣的見解。儘管她之前提出的假說已被證明是錯的了，但我相信，以她的性格絕不會就此作罷。而且，她的看法對我來說比任何人的見解都更有參考價值。

除了我父母之外，來醫院探視最勤的要數薦瑤了，其次就是姚老師。她每隔兩三天就會來一次，為我帶來幾本學校的藏書，再把我看完的書帶走。

姚老師第一次來看我時，我和她說想把遠江借過的書一本一本看完。這只是句玩笑話，她卻當真了，真的按照遠江的借閱記錄拿書到醫院來。有些書我之前碰巧也讀過，還是會快速重溫一過，彷彿是一種儀式。當然，我也從不指望讀完這些書就能理解遠江的想法，乃至悟出什麼真相。

最近我才發現，自己也曾羨慕過她在課堂上讀閒書的勇氣，一如她也曾羨慕過我。

我現在剛進行到她九月底的進度，出院之前，恐怕讀不完她在上學期借過的書了。

今天下午，姚老師又提著一個裝滿書的紙袋來探望我了。慚愧的是，上一批書我還沒看完。醫院離學校沒幾步路，她總是在午休結束之後過來。

「我剛才在走廊裡碰到一個穿著我們學校制服的女生，她是來看妳的嗎？」姚老師把袋子放到床頭櫃上，說道，「現在才往回走，下午的課肯定要遲到了。」

「剛才沒有人來找我。」

「她如果不是來看妳的，那真是滿巧的，能正好在這裡碰到我們學校的女生……」

這時，正在幫隔壁床的老奶奶換點滴的護士忽然開口了，「剛才是有個女生站在門口，我問她要找誰，她就跑走了。」

「看來，」姚老師笑了，「是個沒臉來見妳的人。」

也許是松荑，也許是秦虹那夥人中的某一個，我暫時想不到其他人選了。不過也無所謂是誰，反正她遲早有一天會鼓起勇氣，我也遲早有一天會原諒她。

我永遠無法原諒的，恐怕就只有遠江了。

她用生命布置的謎團，旁人雖然提不起興趣，卻勢必要困擾我一生。即便已經想出了一個，乃至不止一個解釋，我也會繼續想下去的。這是她施在我身上的詛咒——至死方休的詛咒。

「上次拿給妳的書都看完了嗎？」

「還沒有。那本《歌德談話錄》太難看了，每讀幾頁就會睡著一次。」

「那本書，林遠江在日記裡也說只是隨便翻了一下。對了，」姚老師像是忽然想起了什麼，從紙袋裡拿出一疊紙，又坐在擺在床邊的椅子上。「我這兩天又讀了一遍林遠江的日記，有了點想法。妳有興趣聽嗎？」

終於讓我等到了……

「老師又發現了些什麼呢？」

「林遠江好像對『故事』有種特別的執著，日記裡不止一次提到她對『故事』的渴望。」

姚老師翻開她列印出來的日記手稿，尋找著用螢光筆標記出來的部分。

「她在九月十九日的日記裡說想讀些『故事性更強』的小說，又在九月二十一日的日記裡把人按照是否對『故事』感興趣分成了兩類，還說相比起沒有『故事』的流行歌曲，更傾向於有『故事』的動畫，第二天又因為那部動畫沒有『故事』而不滿。她還在九月二十七日的日記裡感慨說，班上的女生雖然不讀書，但也都渴望著『故事』。

開始寫小說之後，她又因為編不出『故事』苦惱過一陣子，還來問過我的意見。在十二月二十七日的日記裡，她讀了我推薦的《女生徒》，認為女主角太普通了，說她『全然不像故事裡的人』。後來妳誇獎了她的文筆，卻對她筆下的故事不置一詞，這也讓她懷疑起自己的作品來了。

然後是一月五日的日記，寫的是妳送給她的《天平之甍》的讀後感。她印象最深的是裡面有個叫業行的日本僧人，把半生精力用來抄寫佛經，最後這些成果卻都沉到了海底。對此她的評論是『他的一生也不能說是全無意義的，至少成就了這個故事』。她還在一月二十三日的日記裡談到了對契訶夫戲劇的看法，說它們很像方薦瑤喜歡的那種動畫，『徒有氛圍和人物，卻什麼故事都沒講』，又說『討厭自己只能編造出單薄而機械的故事』。

二月九日的日記是奎因的《九尾怪貓》的讀後感，她認為這是我推薦給她的推理小說裡，唯一『還有點意思』的一本，理由也是作者花了大量篇幅來講述死者的故事。她還感慨說死者都是些普通人，『他們的一生用寥寥幾個段落就能概括了』。

二月十九日，領到國文課本之後的感想，她說海倫．凱勒和安妮．法蘭克的文章、事蹟不能使人受到鼓舞，反而只會讓妳們『嚮往她們的不幸』。後面那天，她勸妳寫小說，妳說不會編

『故事』，她覺得自己也不會……」

說到這裡，姚老師又把列印稿翻到很前面的位置，遞給我，示意我看一下她用螢光筆畫出來的部分。

那是九月二十八日的日記。

久違地借了一本詩集。譯文出於多人之手，品質參差不齊，有幾首為了押韻，用很多搬不上檯面的口語，想來原文並不是這樣的。放學後把書還了回去，到現在只記得一首湯瑪斯．格雷的《墓畔輓歌》，悼念一位年輕的死者——他的人生也好，死亡也好，都沒有什麼可圈可點的「故事」，既無趣又不值得紀念。今天騎車回家，等紅燈的時候就在想，如果我就這樣被車撞死了，我的生與死是否都是毫無意義的。後來綠燈亮了，就沒有再想下去。

「您的意思是，遠江她害怕這種『沒有故事』的死，只是為了為自己的死亡賦予一點故事性，才陷害了我？」

姚老師從我手裡接過那一疊紙，然後點了點頭。

「林遠江的悲劇首先是家庭悲劇，但這未免太普通了，只是成千上萬華人家庭悲劇的縮影。她母親雖然把她逼上了絕路，但是放在華人家長裡，又未必算得上是最蠻橫的。她在徵文落選之後，曾在日記裡說過，自己的人生輸給了同齡人。在她決定自殺的時候，就不會覺得自己的死也同樣輸給了別人嗎？」

「她確實有可能會這麼想。」

這又是個誰也無法駁倒，卻又無從證實的推論。

「她想為自己的死尋找一個更加特別的理由，一個富於故事性的理由，比如說遭到了最信任的朋友背叛。」

「這個理由就比家庭原因更高明嗎？」

「至少能講一個故事——在日記裡，當然也不僅僅是在日記裡。」姚老師說，「林遠江把自己的人生當成虛構的作品來對待了。」

結果，實際上姚老師和我得出了同一個答案。

遠江不願接受過於平淡的死，才選擇了陷害我。只不過，我所理解的「過於平淡」指的是毫無社會影響、無法引起公眾的注意，我在這裡把遠江看成了一個演員。身為演員，自然不願錯過一生只有一次的表演機會。而在姚老師看來，遠江不是個演員，而是小說家，只是混淆了現實與虛構的界限。

姚老師正試圖透過日記，還原出遠江自己對「過於平淡的死」的理解。因此，也許這個見解更接近真相。

但也只是「也許」和「接近」。

真相早已經在那個下雨的夜晚和遠江一起摔成了碎片，又在高溫焚化爐裡化為灰燼了。

「我忽然明白姚老師為什麼喜歡推理小說了。」我說，「因為推理小說總是有個解答，到最後總能知道真相，在現實中卻不一定能知道。」

「妳說得沒錯。說不定我也把自己的人生當成了虛構的作品，所以總是刨根問底、猜來猜去。」她一臉沮喪地說，「但是有什麼辦法呢？只要活著，就不得不與人相處，就要去猜測別人的想法。明知道從理論上講，要確切地猜中是根本不可能的，卻又不得不求出一個個『近似解』，以便待人接物時不要有什麼閃失。」

我不知道姚老師究竟經歷過什麼，才有了這樣的感觸。近兩個月的遭遇，倒是讓我對她的話深感共鳴。

我也很清楚，直到死去的那一天，我都不會忘記姚老師的這番話，一如我永遠不會忘記遠江。在剩下的或許漫長，或許短暫的時間裡，我會被迫不斷溫習它，一遍遍地在他人身上求出「近似解」。在這期間，也免不了會因為太接近真相而受到傷害，或是因誤差太大而傷害到別人。

然而，這就是我的人生。

我從未渴望過那樣的戲劇性，卻被捲入了遠江虛構的故事裡。但那終究是她的故事，她選擇犧牲生命來成全它，還連累了別人，對我來說未免太沉重。我只想過好自己的生活，不想成為任何一個曲折而誇誕的故事的主角。

那樣的故事，存在於小說裡就足夠了。

——《櫻草忌》完

天空放晴處

1

那是週一的第二節課。

離下課鐘聲響起還有七八分鐘，警報聲先從走廊那邊傳了過來。那聲音很像一個發生故障、閃滅不止的燈泡，忽而弱得幾乎聽不到，忽而又拿出了震耳欲聾的勢頭。反正，這警報聲被設計出來本就是為了讓人坐立不安，乃至拔腿就跑。

不過班上的同學們反應卻很冷淡。大家紛紛闔上課本，懶散地起身，慢慢悠悠地朝門口走去，那場面就像一顆顆沙粒緩緩滑向沙漏中間的細口。

直到所有同學都離開了教室，馮露葵仍坐在原位。她把教科書和筆記本都收好，又拿出下節課要用的講義，然後才從書桌裡抽出一個紅色的袖標。

警報聲已經停了，再也沒有什麼能掩蓋走廊裡的嘈雜聲了。即便每個人都只是在小聲低語，彙聚起來也成了相當可觀的音量。更何況高聲談笑，甚至是叫喊著的人也不在少數，這是每天出操時司空見慣的光景。

這時，在講臺上整理著教材的閔老師抬起頭，看到了馮露葵，隨口問了一句「妳怎麼還不過去操場？」。話音剛落，他又看到了她手裡的袖標，這才發現自己多嘴了。

「我得去檢查各個教室。」馮露葵一邊戴上袖標，回答道。

「檢查有沒有人留在教室裡？」

「對。今天的消防演習，由我們學生會負責檢查。」

閔老師沒什麼可問的了，把整理好的教材夾進教科書後走出了教室。馮露葵看著他肥胖的背影，站了起來，也往教室門口走去。

難得姓閔，教的又是數學，當初在大學裡說不定曾被人取過「閔可夫斯基」的綽號，可惜班上的同學誰也不知道這位英年早逝的數學家，都依照身體特徵叫他「禿頭」。

想到這裡，馮露葵又想起了她們的班導師，一個剛滿四十歲的英語老師，頭頂上的遮蔽物也日漸稀疏。如果這三年都由這兩個人來教他們，到畢業時再說「禿頭」，真的不知道指的是哪一位了。

看來外號這玩意兒，還是要取得有辨別度一點才好。

她回想了一下，升上高中之前，幾乎沒人用綽號稱呼過自己，至少當面未曾有過。小學也好，國中也好，她都當了班長，所以大家也自然而然地叫她「班長」。因此進了高中，馮露葵為自己定了個新目標——這次一定要當上學生會主席。

也正是在九月底加入學生會之後，才有人第一次用姓名和「班長」之外的方式稱呼她。

現任學生會主席桂姍姍學姊經常叫她「露露」，這也是馮露葵的乳名，直到現在父母還總是這麼叫她。像大多數的父母一樣，他們只在訓斥女兒的時候才會喊出「馮露葵」這個全名。桂姍姍學姊也是如此，心情好的時候總是含著笑叫她「露露」，如果從她嘴裡蹦出一聲「馮露葵」，跟在後面的肯定不是什麼好話。（難怪其他成員總說馮露葵享受著親女兒的待遇）

當然，除了桂學姊之外，學生會的其他前輩只是隨口叫她「小馮」。

走出教室之後，馮露葵一眼就看到了倚牆而立，正等待著自己的同僚。那個女生湊了過來，手裡抱著一塊塑膠板，上面夾著記錄用的表格和圓珠筆。

「好慢啊。」

見馮露葵過來，那個女生抱怨了一句。

看樣子，她是在同學們魚貫而出之際跟他們一起擠到了走廊。根據安排好的緊急疏散路線，從樓上下來的學生也有不少要經過這裡。馮露葵回憶了一下警報聲停止之後，從走廊那邊傳進教室的嘈雜聲，也能想像當時的場面。而她的同僚，就在摩肩接踵往外面湧的人群中等她出來。

原來如此，馮露葵心想，難怪她會緊貼著牆壁站在那裡。

這個名叫王季繁的女生，是和馮露葵一起加入學生會的幹事。高一新生裡，就屬她們兩個最常被桂姍姍學姊差遣。如果說馮露葵確實很可靠，那麼王季繁恐怕只是單純比較好欺負而已。

王季繁讀的國中規定男生必須留寸頭，女生也只能留齊耳短髮。升上高中之後，她嘗試把頭髮留長，結果剛留到能蓋住鎖骨的長度，髮梢就悲劇性地往兩邊翹了。無奈之下，她又剪回了國中時的髮型，和馮露葵那瀑布般的黑髮形成了鮮明的對比。

雖說是同一個年級的兩個人，若並肩走在一起，只怕任誰都會以為王季繁是馮露葵的跟班。有趣的是，王季繁也像要證實大家的錯覺，總是走在和馮露葵身後半步的位置。

在動身前往要檢查的教室之前，馮露葵發現王季繁沒有戴袖標，但也無心提醒她，只是問了一句，「妳出來的時候班上有人嗎？」

「沒有，大家都出去了。妳們班呢？」

「我們班也沒人留在教室。」馮露葵說。

高一總共六個班級，減去兩個班，只要檢查四個教室就好了。比起桂學姊平時派給她們的工作，這工作簡直再輕鬆不過了。

兩人所在的這一段走廊採光不佳，外面的光線或是從最北邊那段樓梯上方的小窗，或是從開在西面牆壁上的窗戶射進來都不足以把走廊完全照亮，透過西面的窗戶能看到空蕩蕩的中庭。就算是晴天，走廊也略顯昏暗，若遇到像今天這樣的陰雨天，每一個路過的人都會被淹沒在陰影之中。

最北邊的那段樓梯的東側是四班，沿著走廊往南走，會依次經過王季繁所在的五班和馮露葵所在的六班。六班的正門對著另一道走廊，是東西向的，朝東走也有一道樓梯，整層樓只有兩個能通往二樓的樓梯。不同之處在於靠北的那段只能通往二樓，而南邊的不僅能向上，也能走到位於地下一樓的食堂。

若不上下樓梯，繼續向西，就會走到一個寬敞的門廳，教學大樓的正門就開在門廳的南牆上。再往西走，直到走廊盡頭，會看到兩扇對開的鐵門，那是間能容納兩百人的階梯教室。

不過那不是她們要去的方向。

馮露葵和王季繁朝北走去，又在盡頭處的樓梯前轉向西邊。那裡也有一道東西向的走廊，她們的左手邊是面朝中庭的窗戶，右側則會依次經過三班的教室、茶水間、廁所、二班和一班的教室。這一段走廊的最西端是廣播室的門。

兩人在一班的教室門口停下腳步。馮露葵一手握住把手，將門推開，只見到有個男生坐在教室中間。聽到動靜，那個正埋頭玩手機的男生猛地一抬頭，拇指下意識地按下了鎖屏鍵。

「我們是來檢查教室的。」馮露葵往教室裡邁了一步，「你有請假條嗎？」

「有。」說著，那個男生從書桌裡取出一張紙，拿在手裡晃了晃。

兩人正準備走向他的座位，忽然聽到有腳步聲從走廊那邊傳來。還站在門外的王季繁往東邊看了一眼，說想過去看看是什麼人，把手裡的塑膠板塞給馮露葵後就跑開了。

馮露葵按照原計劃來到那個男生面前，才注意到對方的左腳打著石膏，還有一支拐杖躺在地上。她接過那張假條，上面果然寫著一行「粉碎性骨折」，還說兩個月之內不能參加體操和體育課。在她看假條的時候，那個男生還對受傷的緣由做了最低限度的說明——「車子軋的」。

記下了那個男生的名字和留在教室裡的原因之後，馮露葵離開了一班。她一到走廊就見到王季繁朝自己快步走來。

「有什麼人在那邊嗎？」

「打掃阿姨剛從二樓下來，現在正在掃廁所。」平時絕少運動的王季繁才走了這麼幾步就氣喘吁吁起來。「那個男生怎麼了？」

「骨折，說是被車子軋的。」

「這樣啊。」

像往常一樣，兩人之間的對話就像兩個實力懸殊的運動員打乒乓球，根本持續不了幾個來回。

她們一起來到二班門口。

馮露葵正準備將手伸向門把，門自己就開了。很顯然，站在門裡的那個女人只是想看看外面是誰在說話，沒想到和馮露葵撞了個正著，嚇了一跳，一連後退了幾步，還很誇張地用手了捂住胸口，最後才問了一句：「妳們怎麼不去參加消防演習？」

那個女人看起來不到三十歲，妝化得有點濃，身著一襲與教室氛圍格格不入的波西米亞風長裙，還踏著一雙高跟鞋。

「我們負責檢查各個教室有沒有人。」馮露葵說，「您是二班的班導師肖老師吧？」

對方點了點頭。馮露葵聽說過有關二班班導師的傳聞，說她明明教的是數學，卻總是打扮得像個美術老師，看樣子傳聞沒有騙人。

她又往肖老師身後看了一眼，發現在後排靠近窗戶的位置有個女生趴在桌上。

肖老師顯然注意到了她的視線，解釋了一句「她身體不舒服，向我請了假」。

「能告訴我她叫什麼名字嗎？」

重新接管了那塊塑膠板的王季繁問道，並如實做了記錄。她正準備再問一句需不需要送那個女生去醫務室，卻見到馮露葵在一旁鞠了一躬，轉身走出教室，就趕忙跟了過去。

在走向三班的路上，王季繁近乎自言自語地說了一句「那個女生還好吧？」，馮露葵聽到之後卻壓低聲音跟她說：「我覺得她並沒有哪裡不舒服。」

「妳是說，她對班導師說了謊？」

馮露葵搖了搖頭。「是肖老師對我們說謊了。」

「肖老師？」王季繁困惑地歪了歪腦袋，「她為什麼要對我們說謊呢？」

「妳沒有注意到嗎？她們班的黑板報只畫了一半。」

「這樣嗎？我還真的沒發現。」

每個教室都有前後兩塊黑板，後面那塊上課時用不到，只用來畫黑板報。黑板報每個月評比一次，並且……

「今天中午就要評比了。」馮露葵說。

「那是有點不妙，又不能在上課的時候畫……」

「是啊，就算爭分奪秒都不一定能趕上——這就是那個女生必須留在教室裡的理由。」

「為了畫黑板報？」

「嗯，因為涉及評比，班導師才會替她說謊。」

換作其他人，說不定會用一句「這都只是妳的想像」來反駁，王季繁倒是輕易地接受了這個結論。

「何必呢，只是一次黑板報評比而已。」

「總會有人想在各種無聊的事情上爭第一。」馮露葵聳了聳肩，輕描淡寫地說。

兩人經過教學大樓的後門、廁所和茶水間，來到三班的教室門口。

「但是黑板報這件事，二班怎樣也不可能拿第一的。」王季繁說，「我們班也不可能。」

「是啊。」

說著，馮露葵推開了教室門。其他班級都與壁報評比冠軍無緣的理由，不難在這個教室後面的黑板上找到。

三班有一位美術優等生，能像用炭筆畫速寫一般，將粉筆運用得靈巧自如。在上個月的黑板報評比裡，他已經向全校師生展示了壓倒性的實力。那段時間，每天午休和放學後都有其他班的同學跑去圍觀那幅黑板報。馮露葵也在黑板報評比時看過幾眼，那幅畫很像臨摹了某幅庫爾貝的作品，遠處是濃淡分明的雲層，稍近處是捲成一個個完美弧形的海浪，近景則是精心布置過的礁石。而這一切，都只用白色粉筆就表現了出來。

這個月，他也為班級貢獻了一幅終將被擦去的傑作。

馮露葵看著那幅新作——這次的主題或許是運動會。畫面中有奔跑的人、跳躍的人，也有人正推出一顆鉛球，每個人物都穿著寬欄背心和運動短褲，暴露在外的肌肉顯然是作者最用心勾畫的部分。一個個運動著的人物，卻是以靜物畫般的構圖被安排在一起，美中不足的是，左上角的文字填滿了那些必要的留白。

毫無疑問，今天的評選也會是三班拔得頭籌。

「三班沒有人。」王季繁說。她似乎對那幅黑板報沒什麼興趣——也可能之前已經來圍觀過了。

「只剩四班了。」

兩個班的教室門離得很近，中間只隔著樓梯口。

四班的教室是整層樓裡唯一沒有後門的一間，僅有的一扇門正對著馮露葵她們剛走過的那段東西向的走廊。

推開那扇門之後，馮露葵感到一陣風迎面撲來，窗簾也隨風揚起，掃過擺在旁邊的桌子，差點把桌上的鉛筆盒帶到地上去。

她盯著四班的黑板報看了幾秒鐘。

可能是三班的那幅給她的衝擊還沒褪去的緣故，這一幅在她眼裡簡直像小孩子的塗鴉一樣，線條粗糙僵硬，構圖呆板，選取的意象也十足幼稚。黑板報左側畫了三個身著制服的人物，兩女一男，男生推著輛自行車。從盾牌般的臉形和大得誇張的眼睛來看，畫它的人本意或許是要模仿時下流行的動漫畫風，結果卻畫出了教科書封面的效果。畫占去了三分之二的空間，右側則是一段文字，字很小，從馮露葵站的位置看不清具體內容。

「四班也沒有人。」王季繁朝教室裡看了一眼之後說，「結束了。」

「桂學姊說檢查完後去門廳那邊跟她們碰面。」

「現在就過去嗎？」

「過去吧，也沒什麼地方可去。」馮露葵把門關好，又借著微弱的光線瞥了一眼王季繁的左臂。「妳最好把袖標戴上，免得被桂學姊罵。」

「出來得太急，忘了。」說話的時候，她無意識地用手遮了一下本應佩戴袖標的位置。「謝謝妳提醒我。」

像是為了不耽誤對方的時間，王季繁往五班的教室小跑而去，馮露葵則放慢腳步跟了過去。這一次她們也配合得很有默契（如果能將這種默契應用到對話之中就再好不過了），馮露葵走到教室門口的時候，王季繁也正好跑了出來。

她看了馮露葵一眼，又把頭微微低了下去，說了一句「我好像忘記帶來了」。

「沒關係，我借給妳好了。」

說著，馮露葵回到六班的教室，從教室後面的鐵櫃裡摸出了另一條袖標。準備轉身離開教室時，卻看見緊閉的玻璃窗上爬滿了雨點。雖然只是很小的雨，站在操場上的同學們一定不好受吧——她這麼想著，卻又無法改變校方的安排。按照計畫，集合後要由市內消防隊的人來為學生們做消防教育。

學生會的人檢查完教室之後，也要去門廳集合，站在那裡聽演講。

門廳那邊倒是不會淋到雨……

馮露葵走出教室，把袖標遞給站在那裡的王季繁，兩人一起往南、朝門廳走去。她們才轉過一個轉角，就聽到了從操場那邊傳來的廣播聲——

「今天的消防演習，我們請來了市內消防大隊的……」

通往門廳的這段走廊雖然在整層樓最靠南的位置，卻也不是很明亮。五年前，有人提議在教學大樓南側建一座溫室，說是能在冬天草木枯萎時幫學生緩解壓力，結果，就為了這麼一個虛無縹緲的理由浪費校方大筆經費不說，還擋住了這一段走廊的好幾扇窗戶。

這也就意味著，高一的學生們每天走進教學大樓之後，就要立刻面對一段陰暗的走廊，轉過一個轉角也不會迎來安妮・雪麗所謂的「最美好的東西」，等待他們的仍是一片黑暗。而那些一、二、三班的學生更是要再過一個轉角，再多走一段黯淡無光的道路。

兩人來到門廳時，桂學姊她們還沒有過來。從教學大樓的正門望出去，能看到陰慘的天空和幾百個一臉不情願的學生。門口的地面上能看到雨水留下的一個個小斑點，斑點越積越多，未被打濕的區域已經所剩無幾了。

她們在門廳等了幾分鐘，學生會的成員陸續都到了，只有桂學姊這個學生會主席還不見蹤影。

真不愧是名叫「姍姍」的女人，總要比別人來遲一些——馮露葵在心裡腹誹著，卻又覺得這笑話一點也不好笑。

雨勢越來越大，已經到了能把小規模火災撲滅的程度，這顯然是最不適合宣傳消防知識的天氣。

教導主任禮貌地打斷了消防人員的演講，也把麥克風搶了過去。

「今天這個雨下得有點大，後面的內容改在廣播中進行。大家先給專程來為我們做消防教育的劉隊長鼓掌──」

掌聲之後，他把麥克風遞給跑上主席臺的體育老師，自己帶著消防人員朝教學大樓這邊走過來。馮露葵還注意到，有個老師去高二的隊伍裡把每天中午做廣播的女生先叫了出來。她也快步跑向這邊，很快就跟教導主任他們會合了。

三個人急匆匆地穿過門廳，往位於走廊最深處的廣播室走去，沒有往馮露葵她們這邊看一眼。

很快，接過麥克風的體育老師下達了解散的命令，幾百個急著避雨的學生一時都湧向了門廳。面對這場面，學生會的前輩們顯然更有經驗，領著馮露葵她們來到走廊的西側。西邊這段走廊只能通向階梯教室，目前顯然不會有學生以那裡為目的地。

走廊又變得嘈雜起來，學生會成員之間為了交流，也不得不抬高嗓門。

「我們現在該怎麼辦呢？」宿管委員謝春衣問了一句。她跟另外一個高一的幹事（跟王季繁同班的一個男生）剛剛負責在操場監督各班清點人數，精心打理過的劉海淋了雨之後，頹喪地趴在額頭上。她不停用手整理著，看得出來心情已經糟到了極點。

大家面面相覷，誰也不知道該不該繼續等桂姍姍。可是就算不想等她，他們一時半會也回不去。人流仍在湧向走廊另一端，就像門外的雨水一樣，絲毫沒有停歇的跡象。

「那就等吧。」最後，謝春衣一臉無奈地回答了自己的問題。

過了一分多鐘，人流變稀疏了。等到這個時候才慢悠悠地踱進教學大樓裡的，想來都是些不怎麼合群的學生。他們寧可多淋一會兒雨，也不願一頭衝進擁擠的隊伍裡。如果沒加入學生會，馮露葵應該會站在操場上觀望一會兒，等人走得差不多再回去。

像是為了催促這些散漫分子加快腳步，廣播聲響了起來。那是學生們都很熟悉的一個聲音，每天中午都是這個女生在念心靈雞湯類的文字。她再次介紹了「來做客的嘉賓」，還調侃了一下天氣。

就在這個時候，有個人影逆著稀疏的人流朝馮露葵她們走了過來。因為光線的緣故，直到那個人來到門廳，學生會的成員們才認出了她。

是桂姍姍學姊。

她邁著慵懶的腳步，臉上沒有絲毫的歉意，在馮露葵和王季繁面前停了下來。

「妳們兩個跟我過去一趟吧，」桂姍姍說，「一年四班出事了。」

2

幾分鐘之前，馮露葵在心裡奚落過的那幅黑板報被人用抹布胡亂地擦拭了一番，已經全然看不出原本畫的是什麼了。奇怪的是，在馮露葵看來，那些畸形的人物經過蓄意的破壞，反倒產生了一種樸素而抽象的美感，抹布蹭出來的紋路甚至讓她想到了日式庭院的枯山水。當然，不論效果如何，四班恐怕參加不了中午的黑板報評比了。

她們三個來到教室門口時，大部分的學生已經坐回了原位，聽著廣播，幾個幹部湊在最後一排靠窗的桌子旁。那個桌子明顯偏離了原來的位置，被移到了鐵櫃上。看樣子，有人踩著那張桌子爬到鐵櫃上，擦去了壁報。

四班的班導師不在教室裡，說不定他還什麼都不知道。

雖然門開著，桂姍姍還是象徵性地敲敲門。敲門聲自然敵不過廣播的音量，但有人出現在門口，總會引起坐在附近的學生注意。一個女生認出了她，朝站在教室後面的幹部喊了一聲「學生會的人來了」。

就這樣，在三十幾雙眼睛的注視下，桂姍姍領著兩個跟班走進了四班的教室。她們能順理成章地闖進去，恐怕是因為黑板報的評比正是由學生會負責的。

四班的班長是個戴著眼鏡、看起來很斯文的男生。見到學生會主席朝自己這邊走過來，他解釋，「大家從操場回來，就發現壁報被人擦掉了。」

聽到這番話，桂姍姍轉過頭對馮露葵她們問了一句，「妳們來檢查教室的時候，黑板報沒什麼異樣吧？」

「當時還是完好的。」馮露葵回答道。

「看來是在妳們檢查完教室，到班上同學們回來前的這段時間裡被人擦掉的。」桂姍姍又把頭轉向班長，指了指那張偏移原位的桌子，「這張桌子也是『犯人』搬到這裡的？」

「應該是。」班長說，「上面有兩個鞋印，櫃子上也有幾個。」

馮露葵低下頭，注意到地板上滿是黑色的鞋印。一群人從被雨淋濕的操場回來，不可能不把地板踩髒，今天打掃環境的值日生一定會很辛苦。這也意味著，「犯人」留在地上的鞋印已經被其他人的鞋印掩蓋了。

留給她們的「物證」，只剩下了桌面上和櫃子上的幾個鞋印而已。

這個時候，一直站在旁邊的一個滿臉粉刺的瘦高男生開口了，「我能把桌子搬回去了嗎？」

「這是你的桌子？」桂姍姍隨口問了一句。

對方點了點頭。

「稍等，讓我拍張照片。」

說著，她走到桌邊，從口袋裡取出手機，對桌上的鞋印按下了快門，又將左手的食指和拇指盡可能分開，試著丈量鞋印的尺寸。「看起來像是雙旅遊鞋，不是很大……感覺是雙女鞋。」

給出了初步的結論之後，桂姍姍轉過身來，仍低著頭，她先把視線投向了馮露葵的皮鞋，繼而又移開了，最終停留在王季繁的腳上。

王季繁穿了一雙水藍色的帆布鞋。

「把鞋子脫下來借我用一下。」

被指使習慣的王季繁走到擺在窗邊的空椅子前坐下來，把手裡的塑膠板放在膝頭，開始解鞋帶。她低著頭，旁人看不清卻也不難想像她的表情。

「一隻就夠了。」桂姍姍補了一句。

接過了那隻鞋，桂姍姍立刻將它擺在桌上的鞋印旁，比對了起來。王季緐則把只穿了粉色船型襪的右腳搭在還穿著鞋子的左腳上，一臉委屈地看著桂姍姍的背影。

在王季緐身後，是一扇落滿雨點的窗戶。透過窗戶能看到幾公尺之外的一道圍牆。圍牆的另一側是家幼稚園，上課時偶爾能聽到從那邊傳來的兒歌聲。夾在教學大樓和圍牆之間的這段狹窄走道平時很少有人走，這個季節倒是還好，一到冬天便時常有強風穿過，就算是那些從地磚縫隙裡生出來的野草，也會被吹得七零八落。

「妳的鞋是什麼尺碼的？」

「三……八。」王季緐紅著臉，如實回答道。

「『犯人』的鞋要小一些，三六或者三七。」她把鞋子還給了王季緐，「是個女生的可能性比較大。如果是個男生，估計個頭不會太高。」

然而，四班的幾個幹部顯然對她的「推理」提不起興趣，班長作為代表，問出了那個他們最關心的問題：「壁報評比能不能推遲幾天呢？」

「沒問題。」桂姍姍說得有些漫不經心，她的興趣顯然仍在那一雙鞋印上面。「推遲到下週一好了，來得及重畫一幅嗎？」

「來得及，來得及。那真是太好了。」班長趕忙附和道，旁邊的幾個幹部也不停地點著頭。

「如果抓到那個破壞黑板報的學生，學校會怎麼處理呢？」

「按破壞公物處罰，在全校範圍內點名批評。」桂姍姍說，「你們覺得會是誰幹的呢，心裡有什麼人選嗎？」

「沒什麼人選。就是，」班長吞吞吐吐地說，「在這個節骨眼上幹這種事，應該是別班的人不想讓我們班參加壁報評選，不是嗎？」

「如果是這樣的話，那真是滿惡劣的。我會在評比的時候幫那個班級打零分的。」

趁班導師還沒有過來，桂姍姍領著馮露葵她們走出了四班教室。離開之前，馮露葵最後又看了一眼被破壞的黑板報，這次是近距離觀看，所以能依稀辨認出殘存的字跡。她發現最下面一行寫著「……班三五人團……」，其中「三五」是用紅筆寫的，又在用白色粉筆勾了邊。不難想像，這裡原本寫著「全班三五人團結一心」一類的話。這的確是經常能在黑板報上見到的字眼。

走廊裡仍能聽到廣播聲在迴盪，講著遇到火災時的逃生技巧。靠近開著的窗戶，還能聽到從中庭傳來的轟鳴雨聲。在這個夏天已經結束，秋天卻還未開始的時候，每一場雨水都像是某種不潔之物，沾染上它的草木都逃脫不了凋零的命運。

「真夠無聊的。」桂姍姍大口吞吐著潮濕的空氣，看來四班的氛圍讓她感到很壓抑。「不就是一個壁報評比嗎，需要搞出這麼多事情來嗎？反正又不可能比三班畫得好。」

「三班的壁報沒事嗎？」馮露葵問。

「完好無損，出事的只有四班。如果三班的壁報被人擦掉，事情可就鬧大了。我聽說這週還會有記者來採訪那個很會畫板報的學生。」

「滿好的，我們學校就要出名了。」

「我們學校本來就滿出名的。」桂姍姍說，「妳們剛剛檢查的時候，有人留在教室裡嗎？」

王季繁看著夾在塑膠板上的記錄紙，回答，「一班有一個男生，左腳骨折，有醫院開的病假條。二班有個女生向班導師請了病假……」

「當時班導師肖老師也在教室裡。」馮露葵替她補充了一句。

「別班教室裡沒有留人。」

「嗯，左腳骨折的話，肯定無法爬到鐵櫃上去擦掉壁報。」

「肖老師穿的是高跟鞋，肯定也不是她幹的。」馮露葵說。

「那不是只剩下一個『嫌疑人』了嗎？」

但是，當時一樓的走廊又不是封閉的，雖說正門外站滿了學生，無法自由出入，但也不能排除有人從後門或二樓下來的可能性——馮露葵回想著當時的情景——壁報是在她和王季繁檢查完教室之後被擦掉的，她們檢查完教室，又分別回自己的班級一趟，這段時間南北向的那條走廊裡如果有動靜，一定會被她們察覺到，這也就意味著無法出入四班的教室。之後她們繞過轉角，通過南邊那條東西向的走廊去了門廳，在那裡跟學生會其他成員碰面。在這段時間裡，如果有人出入後門或是從北邊那段樓梯下來，她們根本不會發現……

有人偷偷藏在四班教室裡的可能性倒是可以排除。教室裡沒有什麼能藏人的地方，就算是最隱蔽的位置窗簾後面，也因為當時窗簾被風吹起而一覽無餘——等等，窗簾被風吹起？馮露葵忽然意識到了什麼。

也就是說，當時教室的窗戶開著，「犯人」也有可能是通過窗戶進入教室再逃走的。後門、樓梯、窗戶，還有這麼多出入現場的辦法，不能把「嫌疑人」限定在當時留在一樓的幾個人中間。

然而，馮露葵並沒有把這些話說給桂姍姍聽。因為比起這些瑣碎的推測，桂姍姍提出了一個更加便捷有效的方案。

「總之先去二班一趟吧，」她晃了晃存著物證照片的手機，「我想看看那個女生的鞋底。」

3

馮露葵之前的猜測得到了證實。

她們來到二班的時候，之前留在教室裡的那個女生正站在鐵櫃上畫著黑板報。批准她的「病假」的肖老師也站在旁邊指指點點，班上的其他人倒是都坐在座位上聽著廣播。

這一次，桂姍姍也照例敲了敲那扇開著的門。

「妳們有什麼事嗎？」見她們出現在門口，班導師往教室前面走了幾步，問道。

「您好，我是學生會主席桂姍姍，有點事想找那個女生確認一下。」說著，她指了指正在畫板報的女生。

「很急嗎？她現在沒時間……」

「我們就過去跟她說兩句話，不會耽誤太久的。」

肖老師一臉不情願，卻也沒想出什麼阻攔她們的理由，只好放她們進去了，但終究不放心，自己也跟了過去。

二班的黑板報沒比四班被擦掉的那幅高明多少，野心卻不小。馮露葵注意到，那個女生腳邊攤放著一本植物科學畫圖冊，像是從圖書館借來的，書頁上落了不少粉筆灰。看樣子那個女生視力不錯，總是低頭看一眼圖冊然後畫幾筆。但很可惜，雛菊也好，百合也好，那些嚴謹的科學到了她筆下竟成了寫意畫，不知道的人或許會以為她臨摹了哪位國畫大師的作品。馮露葵也不明白，這些植物畫跟寫在最上面的標題「安全出行」到底有什麼關係。

「中午就要評比了，現在還沒畫完嗎？」桂姍姍問。

「本來應該上週就畫好的，結果我生病了。」那個女生停下手中的粉筆，轉過頭來俯視著到訪的三人。「學姊找我有什麼事嗎？」

桂姍姍觀察著穿在那個女生腳上的鞋。那是銀白色的旅遊鞋，裝點著幾道淺紫色的條紋，尺寸不大，目測在三十六七號之間。

她從王季繁手裡奪過那塊塑膠板，抽出記錄紙，將空白的背面朝上，攤在那個女生腳邊。

「能不能在這上面踩一腳？」

「踩一腳？」

那個女生滿臉困惑地朝班導師看了一眼，可惜班導師沒有替她阻止桂姍姍。無奈之下，她只好照做了，然後像是為了掩飾心裡的尷尬，她慌忙轉身，繼續畫那寫意味十足的花瓣。

「還有事嗎？」肖老師問道。她雖然也一頭霧水，但更多的是不耐煩。這句話更像是在催促她們趕快出去。

「沒事了，謝謝配合。」桂姍姍一邊把那張紙夾回到塑膠板上，一邊說道，又往教室前方邁了幾步。發現對方沒有跟過來，她回過頭去補了一句，「對了，有件事想通知您一下，黑板報評比推遲到下週一了，不用畫得那麼著急。」

離開二班之後，桂姍姍迫不及待地湊到窗戶邊，取出手機來，想比對一下新採集到的鞋印。馮露葵和王季繁也擠到她身邊，桂姍姍用兩根手指將手機上的圖片放大，仔細比對著鞋印的紋路，發現基本一致。

「妳們覺得這件事該怎麼處理呢？」桂姍姍嘆了口氣，「是不是讓她去四班道個歉，私底下解決比較好呢？」

「學姊已經認定是她做的了？」馮露葵問。

「她有其他人沒有的機會，鞋印也吻合，更重要的是她有這麼做的理由——眼看著就要評比了，她們班的壁報還沒畫好，而且這恰恰是她的責任。基本上可以確定就是她做的了吧？」

「我總覺得哪裡不對勁。」馮露葵說，「如果那個女生在開始下雨之後沒有去過外面，鞋子應該不會太髒才對，會那麼容易在桌子和櫃子上留下黑色的鞋印嗎？那個鞋印更像是在外面踩過泥地的鞋子留下的。」

「可能只是鞋底被水弄濕了。」

「這麼說來，」沉默多時的王季繁開口了，「我們檢查教室的時候，有個清潔阿姨正在掃廁所……」

「這就對了嘛，那個女生肯定先去了趟廁所。廁所地板是濕的，把她的鞋底也弄濕了。」

「嗯。」

馮露葵點了點頭，就當作是這樣吧。雖說仍有其他可能性無法被徹底否定，但也很難想到比這更合乎情理的解釋了。但即便如此，馮露葵還是忍不住多說了一句：「其實她穿的那款旅遊鞋最近還滿流行的，我們班也有女生穿。」

桂姍姍聽到這裡笑了。「妳這麼嚴謹，應該去學法律。」

「妳們先回教室吧，我打算午休的時候去找那個女生談談。只要她願意反省、道歉，我也不想把事情鬧大。黑板報被擦掉這件事肯定會傳開的，但具體是誰做的，妳們先不要說出去。」

她們三個人又一起走了一段路，桂姍姍從三、四班教室之間的那道樓梯上了樓。臺階上黑色的腳印連成一片，但仍能辨認出這些腳印都是朝著同一個方向的。

「妳在墩布上踩一踩」——忽然有話音從上面傳來，像是中年婦女在說話，應該是個清潔工，說不定就是剛剛在掃廁所的那位。

馮露葵忽然覺得有些事不妨向她確認一下，也登上了樓梯。王季繁雖然不明所以，但還是跟了過去。

那個清潔工正在用拖把清掃被踩髒的樓梯，眼看著就要掃到樓梯間的平臺處了。

「阿姨，您剛剛是不是打掃過一樓的廁所？」

「可不是嗎，這會兒肯定又都踩髒了，還得再掃一遍，這樓梯也是剛剛才掃過。」

「您剛剛掃廁所的時候，有沒有人從走廊經過？」

「妳問這個幹什麼？是不是有學生丟了東西？」她自顧自地慌張起來，「可不是我幹的。」

「沒有人懷疑您，只是想問問您有沒有碰到什麼人。」

「我沒注意。本來想趁學生都去操場的時候把廁所掃完，等他們回來，地也差不多乾了，結果這麼快就散了。我剛才正在掃男廁所呢，聽見動靜就趕緊出來了。」她說得很氣憤，「這樓梯也是，我都打掃過了，剛有學生回來的時候我還看了一眼呢，還乾乾淨淨的，一轉眼就這樣了……」

「當時樓梯上一個腳印也沒有？」

「沒有啊，我擦得可乾淨了。」

「您辛苦了。」馮露葵隨口客套了一句，準備轉身走下樓梯。

也就是說，操場那邊解散之後，樓梯上還是一個腳印都沒有，這也就意味著那段時間沒有人從二樓下來……

又一種可能性被排除掉了，馮露葵心想，看來說不定真的就是那個女生幹的。

「對了，」清潔工忽然想起了什麼，「學生們解散之後，我倒是有碰到一個老師從後門進來。」

「哪位老師呢？」

「我叫不出名字，經常能在走廊裡碰到。一身菸味，腦袋上沒幾根頭髮……」

只憑「沒幾根頭髮」這一個特徵，兩人立刻就明白她說的是誰了。

走下樓梯，馮露葵想著，閔老師回教學大樓就說明下面還有課，他在高一只教五、六兩個班，她們班下節課是歷史，那他很有可能是要去五班上課。

「妳們班下節課是數學嗎？」她問王季繁說。

「是數學，閔老師應該在我們班教室。找他有事嗎？我們差不多該回去了吧。」

的確，差不多該回去了。廣播已接近尾聲，消防隊的人說完了所有注意事項，案例也講了三四個，怕是只剩下結語了。

「沒關係，正好順路。」

來到五班教室時，馮露葵忽然改變了主意。她先把學生會的另一名幹事叫了出來，那是個住校的男生，消防演習時和宿管委員謝春衣分到同一組，任務是在操場那邊監督各個班級清點人數。

「怎麼了？」那個男生不敢直視馮露葵的眼睛，將視線稍稍錯開，問道。

「有點事想問你。」馮露葵並沒有體諒對方內向的性格，又往前邁了一步。「你跟謝春衣學姊在操場上檢查的時候，我們年級有沒有哪個班無故缺人？」

「應該沒有吧。稍等一下，我做了記錄。」說著，他跑進教室，拿著一塊塑膠板回到馮露葵她們面前，確認了夾在塑膠板上的記錄之後，他說，「一班、二班有兩個人請病假。我們班的話，我跟王季繁不在，六班妳不在。」

「是各個班的幹部清點的人數？」

「體育股長清點的。」

「三班和四班呢？」

「三班三十四個人，四班三十五個人，都到齊了——至少體育股長是這麼說的。妳們在調查四班的黑板報那件事嗎？」

「桂姍姍學姊已經查出真相了，但她不讓我們跟別人說。」

最後再向閔老師確認一下有沒有人從後門出入就好了——馮露葵想。清潔工說閔老師身上有一身菸味，應該是剛剛抽過菸。

學校裡名義上是禁菸的，他應該不是回到辦公室去抽的，最合適抽菸的地點莫過於教學大樓的後門外了。學生們都去了操場，在那裡抽菸不用擔心被誰撞見，何況門外有個遮雨棚，站在那裡也不會淋到雨。總之，那段時間他十之八九正站在後門外吸菸，不妨向他確認一下是否有人出入過……

正準備邁進五班的教室時，馮露葵卻再次改變了主意。

排列整齊的課桌椅映入眼中的一瞬間，她忽然想起了什麼。四班的教室裡，也像這樣擺了六列課桌椅，也和五班一樣，靠窗的一列少一個座位。

三十六減一，正好是三十五人。

不對……

事情可能沒有這麼簡單……

殘存於黑板上的那個數字再次浮現出來——那個用紅粉筆寫又用白粉筆勾邊的「三五」——在她腦海裡揮之不去。第一眼看到這個數字的時候，她就有種異樣的感覺，卻又說不出哪裡不對勁，現在她終於明白了。

為什麼沒有早點注意到呢？三十六減一這個公式根本就不成立，因為靠窗那排的最後一張桌子被搬到了一邊，成了「犯人」的踏腳台。如果算上那一套課桌椅……

「四班……真的只有三十五個學生嗎？」

4

「多虧妳想到了，才及時找到了她。下著這麼大的雨……」

雨勢從上午第三節課開始就沒有什麼變化，看天氣預報說可能會一直下到明天早上。桂姍姍撐著一把黑色的長柄傘，跟馮露葵並肩走在雨裡。馮露葵手裡握著一個便當盒。唯獨在這種空蕩蕩的時候，操場才會顯得特別開闊，隱沒在霧氣裡的體育館也顯得異常遙遠。

她們低著頭，小心地繞開塑膠跑道上的一個個小水窪。

「我也是忽然想到的。」

「一般都不會往那個方向想的。」桂姍姍說，「也根本不敢往那個方向想吧。」

「學姊的意思是我太陰暗了？」

「陰暗的不是妳，是一年四班那群人。」

「是啊，他們做得太過分了。」馮露葵用餘光瞥了一眼桂姍姍，說道，「學姊打算怎麼處理這件事呢？」

「我也不知道該怎麼處理……整個班『三十五個人』那麼有默契地欺負一個學生，這種事情到底該怎麼處理呢，總不能給所有人記過處分吧？而且我擔心如果處分了幹部，以後那個女生的日子會更難過。」

「能不能把她換到別的班去呢？」

「這要看她自己的意願了。說實話，她的情況滿不妙的，換到其他班也不一定就能融入。就算能融入，以她的成績也未必能跟大家一起升學。當然，只要她自己願意，跟別人相處也好，提高成績也好，也不是不可能做到……我是擔心她遇到這種事情之後，已經心灰意冷了。」桂姍姍說，「這些創傷可能會伴隨她一輩子。」

聽到這裡，馮露葵抬起頭，看了看被傘翼遮住一半的天空。那些蓄滿雨水的烏雲，除了被閃電劈開的一瞬間，還真是一道縫隙也沒有。

「現在再說什麼責任感也好，同情心也好，好像都不會有人相信了，但我真的滿想幫她的。可是如果她自己不願改變，那就誰也幫不上忙了。妳呢，願意為她做點什麼嗎？就當是賣我一個人情。」

「我們之間有什麼人情嗎？只是罪惡的壓榨關係罷了。」馮露葵用冰冷的語氣調侃道，「桂學姊派給我的工作，我可一次都沒有拒絕過。」

「我倒是從沒懷疑過妳的工作態度。」桂姍姍苦笑道，「就是說話的態度能改改就好了。不過妳這種性格，如果當了學生會主席，說不定會滿受歡迎的。」

「學姊會讓我接班嗎？」

「這要看妳今後的表現了。」

走進體育館，兩人直奔走廊左側的醫務室而去。

今天的體育館安靜得有些嚇人，若往一扇扇通往不同場館的門裡望過去，也幾乎看不到人影。以往午休的時候，這裡的喧鬧程度總是不亞於室外，時不時還會有幾顆籃球或乒乓球從門裡滾到走廊。雖說有個擋風遮雨的屋頂，從教學大樓到這邊來卻要穿過下著雨的操場，雨水讓空氣變得沉重，也讓喜愛運動的人無心動彈，只有走廊最右側的幾間琴房那邊還偶爾傳來幾個音符。

將醫務室設在體育館裡，是被很多人詬病過的設計。雖說運動中受了傷的學生能更快得到治療，那些在教室裡感到不適的學生可就沒那麼幸運了，不得不強忍著病痛穿過整個操場。遇上今天這樣的壞天氣自然很辛苦，若是在午休或放學後要從教學大樓去醫務室，也得提心吊膽地躲開那些在操場上狂奔的同學。

馮露葵隱隱覺得這是校方有意安排的，為的就是讓學生嫌麻煩，儘量少往那邊跑。

桂姍姍把傘立在走廊裡，先一步走進了醫務室，馮露葵也緊隨其後。

醫務室一進門是診療用的房間，有一張辦公桌、兩把椅子以及一個存放藥品的櫃子，乍一看倒是跟醫院的布置有些像。管醫務室的宋老師四十來歲，以前在附近的醫院做過護士，基於種種人際關係的運作，最終成了這裡的校醫。她總是癱軟地靠在椅背上，所以就算披上白袍，也絲毫沒有醫生的樣子。

宋老師平日的工作也不過是為發燒的住宿生開點感冒藥，或是往學生的傷口上塗些酒精，實在遇到病情嚴重的學生，就用桌上的座機從以前任職的醫院叫輛救護車過來。

牆上還開了一扇小門，能通往另一個房間，裡面擺著兩張床，那裡就是學生們所謂的「病房」。一般來說，只有昏倒過去的學生才能享受在「病房」小憩的待遇。

今天允許那個女生在裡面休息，已經算是破了例。

「宋老師，那個女生怎麼樣了？」桂姍姍指著「病房」的方向問道。

「還在裡面休息呢。」正用桌上的桌上型電腦上網的校醫扭過頭來，看了她一眼，又把頭轉了回去。「她沒什麼事，就是淋了場雨，可能會感冒。」

「我們給她帶了點吃的過來。」

「最好別在裡面吃，把床弄髒了就不好了。」校醫點了點滑鼠，彈出了一個新網頁。那是一條肇事逃逸的新聞，一輛轎車在自行車道上高速逆向駕駛，造成一死兩傷，肇事者尚未落網。

「算了，讓她吃的時候注意一點。」

桂姍姍向校醫道謝之後，湊到馮露葵耳邊說道，「妳把飯拿進去，順便跟她聊聊吧。畢竟是妳先找到了她，我就不進去了。我在旁邊，她可能會緊張。」

馮露葵點了點頭，捧著便當走進了「病房」。在她踏入房間的一瞬間，那個女生慌忙地用被子蒙住了頭。從被子的隆起不難判斷，那個女生正蜷縮成一團，薄薄的一層被子無法將她的啜泣聲完全遮住。

床邊的地上放著一雙旅遊鞋，和穿在二班那個女生腳上的同款，只是顏色更深一些。

「妳餓了吧，我把妳那份配餐拿來了。」

說著，馮露葵坐在旁邊那張空著的床上。被子劇烈地晃動了幾下，似乎是那個女生在下面搖頭表示「不需要」。

「沒關係，不想吃就算了，不用勉強自己。」

她的話音剛落，就聽見從被子下面傳來了一聲「對不起」。

「妳沒什麼好道歉的，我們是真的想幫妳。」

那個女生又在被子下面搖了搖頭。

「為什麼搖頭呢？是說『不需要』呢，還是想說『妳們幫不了我』，只是搖頭的話，我無法明白妳的意思啊。」

「我做了那種事情，沒有資格被妳們幫忙……」那個女生啜泣了幾聲之後，又擠出了一句，「開除我吧，我不想回到那個教室裡去了。」

「學校不會因為這點事就開除學生的。而且這件事是你們班上的其他人有錯在先，我們不會責怪妳的。」

「但是他們會的。」

「如果他們再敢欺負妳，學校會處分他們的。」

「不會的，應該被開除的人是我。沒有必要為了我這樣的人，犧牲那些好學生。」

「這不是犧牲誰、保全誰的問題，學校不會允許有學生被欺負的。」

「這是沒有被欺負過的人才會有的想法……沒有人會站在我這一邊的。」

馮露葵這才意識到，自己一直掛在嘴邊的「學校」可能根本就不存在，只是個為方便稱呼而發明出來的名詞罷了。每天跟那個女生打交道的，只是一個個排擠她的同學和對這一切視若無睹的教師，而不是什麼「學校」。

這一類抽象的概念根本就不可能保護她，對此她再清楚不過了。所以只靠這些空洞而難以兌現的話，根本無法打動她。

「能跟我說說今天發生的事情嗎？」

那個女生陷入了沉默。馮露葵有些擔心這個話題也無法進行下去，那樣的話，今天說不定只能先撤退了。

幸好她最後還是回答了，也許只是需要一點時間來平復呼吸和情緒。

「……我聽到警報聲，以為真的著火了。當時同學們都在往外擠，我不想湊過去。他們討厭我，我也討厭他們。正好我坐在窗戶旁邊，就從窗戶翻了出去……結果那些在往外走的同學都停了下來，轉過身來指著我笑。我根本不知道發生了什麼……」

「沒有人通知妳消防演習的事情嗎？」

「沒有。」

「上週五班會的時候，應該每個班都通知過了才對。」

「我那天早退了。」每週五下午最後一節課是班會時間。「班會前面的那節課是英語，那個老師一直刁難我，明知道我不會還叫我回答問題……我怕他，就裝病早退了。」

像她這樣被班上排擠的學生，一旦錯過了統一的通知，就再也不會有人單獨告訴她了。

「後來我覺得可能是演習，就從窗戶外面的走道往操場那邊走。可是，一想到去那邊集合之後又要被那群人指指點點的，我心裡特別難受。他們誰也沒告訴我消防演習的事情，可能就是等著看好戲……真的太丟人了，我就沒去操場集合。」

「然後妳就回教室了？」

「沒有立刻回去。」那個女生說，「以前有過一次，下課做操的時候我沒去，被檢查教室的人抓到了。我怕這一次也有人來查教室，就準備去後院那邊躲躲。結果走到那邊之後，看到有個老師站在後門外面抽菸，如果我去後院肯定會被他看到的……我哪裡都去不了，最後就躲在教室的窗戶外面，想等查教室的人走了再爬進去。」

「然後妳就看到了我們來檢查教室……」

「對。妳們走了之後，我就翻窗戶進去了。這一次不是從我座位邊的那扇窗子，而是從後面那扇翻進去的。進去之後就看到了那幅黑板報，那些字應該是上週五放學之後他們寫上去的，我來學校之後也沒注意……反正寫了什麼跟我也沒什麼關係。結果真的沒什麼關係……」說到這裡，她帶著哭腔苦笑了幾聲，「『全班三五人團結一心』——根本就沒有把我算進去。」

四班的幹部在操場上清點人數時，也沒有算上她。

「所以妳就擦掉了黑板報？」

「嗯……我特地留下了那句話，就是想讓他們知道是我幹的。」

後來的事情，馮露葵就都知道了。她在當時就大致推測出了事情的整個過程，想到被排擠的學生「作案」之後還會再從窗戶翻出去，就跟王季繁一起從後門跑出教學大樓，最後在四班靠後的那扇窗戶北側找到了那個女生。

那個女生當時抱著腿坐在地上，低頭哭泣著。她全身都濕透了，雨水一滴一滴順著頭髮滴在膝蓋上。預備鈴響了，馮露葵讓王季繁先回教室，又跑到六班的教室外讓同學從窗戶遞了一把傘給自己，撐著傘，扶那個女生去了醫務室。

向桂姍姍報告時，已經是第三節課之後的事情了。

「妳說，我現在……該怎麼辦呢？他們應該都知道了吧……」

「班上的人無視妳，妳也無視他們就好了。在班級裡無處容身，就在班級以外的地方找個容身之所就好了。」馮露葵鼓勵著那個女生，說得自己都有些臉紅了。幸好那個女生用被子蒙住頭，不會注意到。

「班級以外的地方……那不就只有退學這一條路了嗎？」

「妳不如加入學生會吧，這樣就沒人敢欺負妳了。」

「學生會……怎麼可能呢？」那個女生把身體蜷得更緊了。她全身都在發抖，大口吞吐著被子裡渾濁的空氣。「我這一個被田徑隊除名、成績全年級墊底的廢物，怎麼可能可以加入學生會呢？」

「田徑隊怕是回不去了，但成績什麼的，只要用功一點，還是能追上來的。」

「不可能的，我的基礎有多差，我自己最清楚了……真的不可能的。」

窗外有一道閃電劃過，馮露葵不想讓即將響起的雷聲蓋住自己的話，就停頓了片刻。雷聲如期而至，玻璃窗都被震得晃動起來，那個女生也輕輕地驚叫了一聲，露在外面的那隻手緊緊抓住了被子的邊緣。

此時馮露葵還不知道，自己即將說出口的這句話，改變了兩個人的一生。

「那不如這樣好了，讓我來輔導妳的功課吧。」

——《天空放晴處》完

後記

本書收錄的兩篇小說，都能與之前出版的《當且僅當雪是白的》扯上一點些關係。故事舞臺是同一所學校，也共用了一些角色。《天空放晴處》算是前傳，而《櫻草忌》則更像是後日談。不過，沒有讀過前作的讀者也不妨一讀。儘管故事發生的順序是《天空放晴處》→《當且僅當雪是白的》→《櫻草忌》，實際上先讀哪一篇，都能得到截然不同的閱讀體驗。

《櫻草忌》的標題來自法國詩人弗朗索瓦・耶麥的詩集 Le Deuil des primevères，直譯過來應作「櫻草的葬禮」（或作「報春花的葬禮」。也有譯本翻成「春花的葬禮」，倒也不錯），我套用太宰治的「櫻桃忌」的格式，造出了這個短語。後來用日文的搜尋引擎查過，發現英國首相班傑明・迪斯雷利的忌日被稱為 Primrose Day，也可以翻譯成「櫻草忌」。這純粹是個巧合。

這個故事是我在閱讀蘆澤央的短篇集《今だけのあの子》時想到的，動筆之後卻發現某些設定更接近她的另一本書《罪的留白》。然而，蘆澤央筆下的故事大抵是合乎情理的，《罪的留白》甚至不乏娛樂性。而我的這篇小說，枯燥不說，一些角色的心理只怕未必能讓所有讀者都接受。蘆澤央目前評價最高的作品，是前年出版的《許されようとは思いません》一書，她在那本書裡面或多或少地借鑒了連城三紀彥的風格。我這篇《櫻草忌》也不例外，從某種程度上說，也是在致敬連城。

連城三紀彥素以文筆優美著稱，同時他也將「逆轉」這種推理小說中必不可少的技巧發揮到了極致，儘管稍有模式化之嫌。借用吾友林千早的話說，其他作家筆下的逆轉都是從不合理到合理，唯獨連城的是「從合理逆轉到不合理」，從而產生了美感、深度與文學性。我的這篇小說恐怕也是「逆轉到不合理」的一例，至於美感一類的東西，本就因人而異，不必強求。一如我不可能無條件地接受連城每一篇作品最後的「不合理」，我也從不指望每個讀者都接受我的故事。

連城的另一項專長，是發掘男性的複雜心理。這是他從出道作《變調二人羽織》開始就一直專注的一個主題，也是其他推理作家無法企及的。反觀他對女性的塑造，往往帶有一種男性的視角，常常只是將她們的悲劇視作一種觀賞物件。只可惜，我無法全盤吸取他的這個長處。我生活在一個把粗野當成「男性氣質」來鼓吹的時代，如果像連城那樣探究男性角色纖細的內心世界，只怕匪獨我這個作者，連同書裡的人物也要一併被貼上「娘炮」的標籤了，因而我只能將全員都塑造成少女——至少「輕小說」的標籤我尚且承受得了。

話雖如此，我倒也不覺得自己在書裡羼雜了什麼「輕小說」元素。所謂「輕小說」，首先是指一種新的塑造角色的方式，然後是文風，至於角色的性別構成與年齡，絕非判斷一本書是不是「輕小說」的標準。

輕小說中的登場角色大多具有明確的「屬性」，看似稍複雜一點的角色也往往能拆解成種種「屬性」的組合，而在塑造每種「屬性」的角色時，都有配套的定式可供作者參考。因此，輕小說中的角色絕不會讓人感到性格模糊。然而，我這篇的登場角色裡面，除了林遠江能勉強歸入「文學少女」一類（然而「文學少女」在傳統文學中亦不罕見，與「傲嬌」、「病嬌」一類的輕小說特有的「屬性」不可同日而語），敘述者葉荻等人的性格並非流於表面，而是在遭遇事件之後才慢慢展露出來的。

同時，我也不想以一種「社會派」的姿態來「探討」什麼。《櫻草忌》裡提及了親子關係、網路暴力、校園霸凌等話題，但都沒有深究。為了故事的完整，這些話題無法回避，但我怕是永遠也不會為討論某種社會問題而「特地」創作一篇小說。我所寫的，只是故事中的人物可能遭遇到的事情，也是現實中的我們可能遭遇到的事情，僅此而已。

《櫻草忌》在日本或許會被歸入「抑壓推理」的行列，即一種放大角色（特別是女性角色）的陰暗心理，濫用一些黑暗橋段，從而讓讀者感到不舒服的推理小說。可以舉今邑彩、真梨幸子、湊佳苗、沼田真帆香留、秋吉理香子等人的作品為代表，而《天空放晴處》則毫無疑問，是篇再典型不過的「日常之謎」。

《天空放晴處》的標題來自耶麥的另一本詩集 Clairières dans le ciel，直譯當作「天空中的林間空地」，意譯可作「雲隙」，然而都不如「天空放晴處」來得自然。這本詩集目前尚無中譯。

「日常之謎」是推理小說裡一個比較特殊的門類，大多不會出現屍體，而是圍繞日常生活中的小謎題展開故事。這類小說由北村薰發端，經過若竹七海、迦納朋子、米澤穗信、七河迦南、相澤沙呼、初野晴、三上延等人的發展，如今已蔚為大觀。米澤穗信的「古典部」系列已因其動畫化而為國內的推理迷所熟知，收錄於「午夜文庫」的相澤沙呼的《魔女青春推理事件簿》，也是一部極其正統的校園「日常之謎」。

這一類小說，在許多見慣了血腥場面的推理迷看來，未免寡淡了些。但實際上，除去少數甜膩的治癒系作品，大多數「日常之謎」名作中滲透出來的惡意也好，餘味的糟糕程度也好，絕不亞於那些「出人命」的推理小說。

我時常覺得，可以套用一些我自己也似懂非懂的哲學理論，把推理小說分為兩個類型。傳統的推理小說往往是從客觀證據到客觀結論，展現給讀者的是一種「主客體關係」（Subjekt und Objekt）。這類小說的巔峰無疑是以「國名」、「悲劇」系列為代表的艾勒里・昆恩的前期作品，也有另一類推理小說，推理與懸念的重點不在於Who與How之類的客觀事實，而是要探究「動機」（Why）。這一類小說展現的是一種「主體間性」（Intersubjektivität），即偵探根據種種跡象和自身經驗去推測、還原他人的想法。在對「主體間性」的探討上，可能沒有人比連城三紀彥和北村薰走得更遠。

有不少「日常之謎」名作，將重點完全放置在「動機」上面。如北村薰最為人所稱道的短篇《砂糖合戰》，懸念只在於幾個女高中生為什麼拚命地往咖啡裡加糖——唯一的謎題就是「為什麼」。然而這樣的處理方式，儘管有純粹的美感，對於讀者來說又未免太冒進了，所以我在《天空放晴處》一篇裡仍加入了一些有關Who和How的內容。也正因為我的保守，讓這篇不到一萬五千字的小說變得臃腫不堪。冗長的調查部分和裝模作樣的平面圖，使它看起來更像是一篇傳統的本格推理。當然，帶著這種期待去閱讀的人怕是要失望而歸了。

恐怕收錄於本書的《櫻草忌》和《天空放晴處》，若以本格推理的標準來衡量，都徹底失敗了。我之前出版的兩本長篇，從構造到內核都是最典型的「古典本格」。而《天空放晴處》算是勉強留下了構造，《櫻草忌》就只剩下幾處推理橋段了。本以為自己能做到「專己守殘」，一輩子只寫最傳統的風格。然而寫小說的人，終究只是靈感的奴隸，想到了可寫的故事，又深知無法將它強行改造成本格推理，就只好老老實實地寫了下來。

我只希望這本書，能稍稍拓寬亞洲推理界的視野。「抑壓推理」與「日常之謎」，譯介尚少，本土的創作甚至連模仿、借鑒的階段都尚未達到。至於對我的文風影響頗深的辻村深月、柚木麻子、宮下奈都、島本理生等人的青春文學，雖未必能與「古典本格」順利對接，卻也未必不適合《櫻草忌》這一類的故事。

如果每一位創作者都只盯著國內外的暢銷作家去模仿，只是一味堆砌商業元素，而讀者又非「華文的東野圭吾」不讀，那麼華文推理將永遠被人看不起。我從未想過成為暢銷作家，也不打算為賣座付出最低限度的努力。只不過，凡是國外有、國內尚沒有人挑戰過的類型，我都想嘗試一下，哪怕最終止步於嘗試，只能寫出缺乏完成度的試驗品，也無所謂。唯有類型豐富了，種種偏見才能被打破，讀者方能各取所需，作者也好發揮各自的優勢。

最後需要澄清的是，我在書裡說了不少國產青春文學的壞話，也不必對號入座。說實話我也只在十幾年前跟風讀過幾本，到現在只剩下些模糊的印象，如今的青春文學想來已不同於我國中時代流行的那些。可惜我對青春文學的理解與接受能力仍停留在穆齊爾與黑塞的那個年代，相比起徹底的娛樂產品，更想讀到些德奧式的「教育小說」（Bildungsroman）。

德奧文學的這個傳統已被日本的同行們繼承並本土化，也正是因為讀了《糖果子彈》、《再見，妖精》、《告別世界的最佳方式》等一批由推理作家寫下的青春文學傑作，我才感到《櫻草忌》是個值得付諸筆端的故事。然後，真的動起筆來才發現，捨棄了煩瑣的本格推理要素之後，自己的筆力終究撐不起十萬字以上的篇幅。

至此，發生在Z市那所被詛咒的高中的故事，就要告一段落了。而在《當且僅當雪是白的》和本書中客串出演的陸秋槎（一位與我同名的角色），即將迎來更多屬於她自己的故事。不過在那之前，我可能會先抽空寫一本沒有推理元素的非系列作，或許會是本沒有男主角的戀愛小說，這是我最熱衷卻也最常被人詬病的題材。不過，只要將這方面的創作欲全都宣洩在非推理作品裡，以後再寫推理小說，說不定就不會讓個人趣味無限膨脹，乃至喧賓奪主了。

本書卷端放了一首我在《櫻草忌》完稿之後寫的小詩，姑且算是套用了孟郊《古怨》的韻腳：

赤欄橋畔人，青綺門前水。
花事自相仍，如何隔生死。

高寶書版集團
gobooks.com.tw

GSL 001
櫻草忌

作　　者　陸秋槎
插　　畫　細流Xi Liu
責任編輯　陳凱筠
封面設計　彭裕芳
內頁排版　賴姵均
企　　劃　黃子晏

發 行 人　朱凱蕾
出　　版　三日月書版股份有限公司
地　　址　台北市內湖區洲子街88號3樓
網　　址　gobooks.com.tw
電　　話　(02) 27992788
電　　郵　readers@gobooks.com.tw（讀者服務部）
傳　　真　出版部(02) 27990909　行銷部 (02) 27993088
郵政劃撥　19394552
戶　　名　三日月書版股份有限公司
發　　行　三日月書版股份有限公司/Print in Taiwan
初　　版　2022年5月

國家圖書館出版品預行編目(CIP)資料

櫻草忌/陸秋槎著. -- 初版. -- 臺北市：三日月書版股份有限公司, 2022.05
面；　公分. --

ISBN 978-986-0774-91-7(平裝)

857.7　　111003951

GOBOOKS & SITAK GROUP©